BEAUTÉ TROMPEUSE

Un roman Magnat du diamant

CHARMAINE PAULS

GREY EAGLE PUBLICATIONS

Titre original : *Beauty in Deception*

greyeaglepublications.com

Traduction : Laure Valentin

Couverture : Coverluv Book Designs
www.coverluv.com

ISBN : 978-1-64366-676-1
Print ISBN : 978-1-64366-674-7

I
CHRISTINA

— Je veux te montrer un truc.

À chaque fois qu'Evie dit ça, c'est pour quelque chose que je ne veux pas voir. Mais refuser n'est pas une option.

Elle me prend la main et me guide de sa chambre jusqu'à l'ascenseur, au bout du couloir. La lumière rouge clignote lorsqu'elle appuie sur le bouton. Nous nous tenons côte à côte, nos silhouettes se reflétant de toute leur hauteur dans la porte en acier.

Nous aurions pu être jumelles. Nous faisons la même taille et le même poids, et grâce à la teinture pour cheveux, nous sommes toutes les deux blondes. Pour Evie, c'est naturel ; moi, je suis d'un brun acajou, mais les mèches qui m'arrivent aux épaules ont été colorées d'une façon experte pour correspondre au ton des mèches platines d'Evie. Mon régime a été adapté pour que je pèse comme elle. Si nous nous déshabillons, ma poitrine est plus petite et mes hanches plus étroites. Cependant, grâce à l'encolure haute et aux jupes larges de nos tenues de soirée identiques, la différence de nos physiques est difficilement remarquable.

L'ascenseur émet un *dring.*

— Viens, dit-elle, tirant sur ma main quand la porte s'ouvre.

Nous pénétrons à l'intérieur.

Je vérifie ma montre, qui n'est pas une Rolex comme la sienne mais une bonne imitation.

— Nous allons être en retard.

Elle fixe les numéros d'étage au-dessus de la porte.

— Ils peuvent attendre.

— Ton père ne sera pas ravi.

S'il y a bien un homme que je ne veux pas contrarier, c'est Bell Warren. Un froncement vient chiffonner son visage.

— Ce n'est pas comme si j'avais envie d'aller à la fête…

J'essaie de prendre un ton enjoué :

— C'est pour célébrer nos fiançailles.

— Exactement.

Elle soupire avant de croiser mon regard.

— Ce n'est pas comme si j'avais envie d'épouser Nathan Stone non plus.

Je me mordille la lèvre, réfléchis à ma réponse. Je veux lui dire que tout ira bien, mais je ne connais pas Nathan, et elle non plus. Tout ce que nous savons, c'est que ce mariage fera avancer le business de son père. L'alliance réunira deux des plus puissantes familles crapuleuses de Johannesbourg. Ensemble, les Warren et les Stone posséderont la plupart des mines de diamants privées d'Afrique du Sud.

L'ascenseur s'arrête au sous-sol. Des lumières au-dessus de nos têtes s'allument tandis que nous sortons dans le couloir. L'air est frais ici-bas, des frissons parcourent mes bras nus. Nos talons claquent sur le carrelage alors que nous marchons jusqu'à une pièce que je n'ai visitée qu'une fois : la chambre forte dans laquelle son père garde ses peintures et ses antiquités qui ont le plus de valeur. C'est un fervent collectionneur. Certains disent qu'il essaie de compenser son manque de personnalité à l'aide d'œuvres raffinées et de pierres précieuses hors de prix.

Evie tape un code sur le panneau électrique mural. Je suis surprise qu'elle le connaisse... Par réflexe, je mémorise les chiffres. Je ne me rendrais pas dans cette pièce seule, je n'ai pas envie de mourir. C'est juste un truc que je fais tout le temps. Je mémorise les nombres de la pièce d'identité et du compte en banque d'Evie tout comme ses codes PIN secrets depuis l'âge de seize ans. Elle en a vingt-quatre aujourd'hui, et je suis un an plus âgée. Neuf ans, ça en fait, de la pratique.

La porte de métal s'ouvre en glissant sans bruit, révélant une pièce au sol de marbre et des miroirs aux cadres d'or.

— Voilà, dit-elle, me lâchant la main pour désigner la colonne à hauteur de taille, au centre. Allons jeter un œil.

— On ne va pas avoir d'ennuis ? demandé-je, mais elle se trouve déjà à mi-chemin.

Je regarde par-dessus mon épaule avant de la suivre pour m'arrêter à ses côtés.

Dans un boîtier en verre sur le dessus du pilier se tient le plus gros diamant que j'ai pu voir, et, grâce aux affaires de Bell Warren, j'en ai vu des tas. Celui-ci fait plus de soixante carats, rien de moins qu'une merveille ! Il capte la lumière des spots du plafond et la renvoie dans des arcs-en-ciel qui rebondissent contre les miroirs.

— Il vaut des milliers de milliards, dit Evie, étudiant la pierre. En fait, il n'a pas de prix.

Comme la première fois que m'a emmenée Bell ici, je ne peux m'arrêter de regarder son joli chatoiement. Bell m'a montré cette pierre pour me prouver sa richesse et son pouvoir. La pierre est pure, et ses couleurs sont parfaites. Quel dommage qu'elle soit teintée de sang…

Le diamant a été découvert sur une parcelle de terrain que prospectait Daniel Malan à Cullinan. Selon les rumeurs, Daniel devait de l'argent à Bell, et tout le monde sait comment Bell récupère ses dettes… Pour sauver les vies de sa famille, Daniel a payé la sienne avec le diamant et a cédé ses droits de prospection à Bell.

Pas plus d'un mois plus tard, Daniel a été tué dans un carjacking. Les gens ont dit qu'il avait organisé son propre meurtre, pour que sa police d'assurance rapporte. Prétendument, c'était tout ce qu'il pouvait faire pour subvenir aux besoins de sa femme et de ses fils. Roman, le plus âgé, a pris les rênes et bâti un nouveau business avec son héritage. Il a trente-trois ans maintenant, et est un milliardaire à part entière. Je ne l'ai jamais rencontré, mais pas une seule personne de Johannesbourg n'ignore ce nom. Il est à la tête de l'une des familles mafieuses les plus réputées dans le pays. Les Warren et les Malan ont été en guerre d'aussi loin que je me souvienne.

Je regarde Evie plus attentivement.

— Pourquoi tu me montres ça ?

— Je voulais le voir avant que Nathan ne me passe la bague au doigt, répond-elle d'un ton sec.

Je lui touche le bras.

— Pourquoi ?

— Je voulais voir combien je vaux.

Elle regarde fixement les angles aiguisés de cette pierre parfaite, une expression de haine dans le regard.

— Voici la vraie raison pour laquelle Nathan m'épouse, dit-elle.

Je laisse tomber ma main.

— Ne pense pas comme ça. M. Warren t'a choisi un mari qui est suffisamment riche et puissant pour te protéger. Ton père t'aime.

Et quand elle tourne rapidement son visage vers moi, j'ajoute :

— À sa façon. Pourquoi aurait-il embauché quelqu'un comme moi sinon ?

Ses épaules s'affaissent lorsqu'elle lâche un soupir.

— Peut-être que je veux juste défier papa tant que je le peux encore…

Je n'ai pas à demander pourquoi ; Evie déteste son père, elle a toujours été un pion pour lui, comme le montrent ses fiançailles non désirées avec Nathan. Pourtant, elle n'a pas les moyens d'empêcher ce mariage d'arriver. Bell ne considère pas un « non » comme une réponse. Il tuerait rien que pour le prouver.

Des bruits de pas résonnent dans le couloir. Ma respiration s'accélère. Nous ne devrions pas être là ! Je ne sais que fort bien comment Bell punit la désobéissance… Mes muscles se contractent tandis que les pas se rapprochent. Comme en accord avec mes pensées, Bell Warren lui-même apparaît dans l'encadrement de la porte. Il porte une chemise blanche et un nœud papillon noir. Un gilet s'étire sur son ventre rond. Il marque la pause à la porte, observant la scène.

Je déglutis.

— Evie ? dit-il, les ridules de graisse se resserrant aux coins de ses yeux.

— Oui ?

Evie et moi avons répondu simultanément.

Depuis que je travaille pour Bell, tout le monde m'appelle Evie. J'ai été entraînée à réagir à son nom.

Les lèvres de Bell se courbent dans un sourire exercé qu'il me dédie tandis qu'il marche vers nous.

— Que faites-vous ici, mesdames ?

Evie lui fait face, les traits doux et la posture détendue.

— Je voulais montrer le diamant à Christina.

L'odeur de son eau de Cologne parvient à mes narines bien avant qu'il ne s'arrête devant nous. J'en ai presque un haut-le-cœur.

— Le coffre-fort est interdit d'accès, dit-il en croisant les bras dans son dos. Ne revenez jamais ici sauf si je vous en donne la permission.

Il n'attend pas notre accord, car il le considère comme acquis. Son regard glissant sur moi, il inspecte la robe de bal d'un rose brillant et le collier en faux diamant qui correspond à celui d'Evie, sauf que le sien est vrai.

Finissant par fixer son attention sur mon visage, il dit, d'un ton prouvant son approbation :

— Avec le maquillage, il est impossible de vous différencier. La styliste a vraiment fait un bon boulot.

La styliste d'Evie m'a coupé les cheveux et s'est occupée de mon maquillage. C'est un génie avec une paire de ciseaux et un pinceau. Si on regarde attentivement, on verra que le vert de nos yeux n'est pas tout à fait le même et que le mien est plus clair. Mon nez est plus fin et mon menton plus rond, mais personne ne viendra aussi près. Je ne suis qu'un leurre, et Evie est la cascadeuse, pour ainsi dire.

S'adressant à moi, Bell demande :

— Quelles sont les trois règles ?

Je les récite telles que je m'en souviens :

— Ne pas se faire prendre. Si c'est le cas, poursuivre le spectacle.

— Et ?

— Jouer le jeu et gagner du temps jusqu'à ce que les renforts arrivent.

— Bien, approuve-t-il en me tapotant la joue. Tiens-t'en aux règles et je prendrai soin de toi.

La répulsion ondule sur ma peau.

Son double menton tremble quand il fait un signe de tête à Evie.

— On y va. On ne voudrait pas faire mauvaise impression en étant en retard.

Evie accepte le bras qu'il lui offre, lui permettant de l'escorter dans le couloir pendant que je suis quelques pas derrière. Le garde du corps d'Evie attend devant l'ascenseur. Elle ne le remercie pas quand il lui tient la porte ouverte le temps qu'elle entre. Depuis que Bell a tué Geoff, elle garde ses distances, ne se montrant jamais trop amicale avec le personnel. Nous ne sommes pas amies, mais elle partage bien plus de choses avec moi. Ce qui est inévitable, vu tout le temps que nous passons ensemble.

La mère d'Evie, Bella, se trouve déjà dans le vestibule. Bell et le garde sortent devant nous. La gouvernante nous tend nos manteaux, à Evie et moi. Il est sept heures et il fait noir dehors. Comme souvent en hiver à Highveld, la journée a été ensoleillée mais le froid redescend rapidement la nuit.

Une fois que j'ai enfilé ma fausse fourrure, la gouvernante nous donne nos pochettes. La mienne contient un tout nouveau portable prépayé ; Bell les détruit toujours après chaque sortie.

Bella tripote le col de sa fille.

— Tu es belle, ma chérie.

Repoussant la main de sa mère, Evie se tourne vers moi.

— Christina…, dit-elle avant d'hésiter et de se mordiller la lèvre.

Bella m'ignore comme si Evie n'avait pas prononcé mon nom.

— Nous ferions mieux d'y aller, Evie.

Pour Bella, je fais partie du personnel, et le personnel est invisible. Nous sommes censés rester en marge, dans une humble servitude. Quelle paire ils forment, Bell et Bella ! Tout le monde plaisante sur leurs noms derrière leur dos. Bien sûr, Bell a obtenu ce surnom bien avant de se marier avec Bella.

Bella prend Evie par les épaules et la conduit jusqu'à la porte. S'arrêtant à l'encadrement, Evie m'accorde un regard incertain par-dessus son épaule.

Ils montent dans une limousine avec leur chauffeur pendant qu'un autre conducteur ouvre la porte d'une Mercedes pour moi. Je m'installe à l'arrière et sors le nouveau téléphone de mon sac. Je n'ai pas parlé à ma sœur depuis qu'elle est rentrée de l'école. Il a fallu l'après-midi entier à la styliste pour nous préparer, Evie et moi. Peu importe où je me trouve, je ne laisse jamais ma sœur aller au lit avant de lui souhaiter une bonne nuit.

Le chauffeur démarre le moteur, allume l'émetteur-récepteur et s'en va. Une voiture contenant quatre gardes du corps passe devant nous, et une autre suit derrière. Evie et ses parents partiront quinze minutes après l'heure convenue. Pour des raisons de sécurité, ils prendront un trajet différent. Nous circulerons sur les routes les plus directes de Greenside au château des Stone à Sandton, où la fête aura lieu.

Je suis fatiguée, et mes pieds me font déjà mal avec mes talons hauts. Ça a été une longue semaine… Nous avons assisté à des dîners et à des fêtes tous les soirs. En général, je pars devant et entre par l'entrée principale, me faisant passer pour Evie. Puis, quand tout est sûr, je m'éclipse, et on me fait sortir en douce par la porte de service pendant qu'Evie est amenée à l'intérieur par une autre entrée. Pendant l'événement, je reste en stand-by dans la voiture pour répéter toute la procédure jusqu'à la maison.

Dès que le chauffeur prend la bretelle de sortie et que nous nous trouvons sur la deux voies, j'appelle Eden. Quand le rire pétillant de ma petite sœur me salue, j'oublie ma fatigue et mon cœur se réchauffe. Elle est toujours contente. Ça atténue la culpabilité de ne pas être à la maison pour préparer le repas et l'aider à faire ses devoirs.

— Hé ! dis-je, jetant un coup d'œil au chauffeur dans le rétroviseur. Qu'est-ce qui est si drôle ?

Les appels personnels ne sont pas permis pendant le boulot, mais le chauffeur est l'un des plus sympas, il ferme les yeux.

— Un truc à la télé, répond Eden.

— Tu as fait tes devoirs ?

— Ouais.

Du papier crépite en fond sonore.

— Je viens de mettre la pizza dans le four, explique-t-elle.

— Ne te brûle pas quand tu la sortiras. Tu y arriveras ?

— J'ai quinze ans, pas cinq ! rétorque-t-elle, la bouche pleine.

— Qu'est-ce que tu manges ?

— Des bonbons.

— Pas avant le dîner ! Et ferme la bouche et avale avant de parler !

Elle souffle.

— Oui, *maman*.

— Ne veille pas tard. Il y a école demain.

— D'acc', dit-elle avant de se lécher les babines. Amuse-toi bien.

J'ai envie de répondre que j'en doute, mais elle a déjà raccroché.

Posant ma tête contre le dossier, je me rappelle pourquoi je fais ça, pourquoi je vis la vie d'une autre… Pour Eden.

Nous tournons dans Jan Smuts Avenue, mon corps pressé contre la portière, quand nous prenons le virage un peu trop vite. Je jette un coup d'œil au compteur de vitesse : nous sommes au-dessus de la limite.

La voix de l'un des gardes du corps retentit à la radio.

— On nous suit.

Le chauffeur jure dans sa barbe.

— J'ai vu.

Je me tends. Me tournant sur mon siège, j'essaie de jeter un coup d'œil par la vitre arrière, mais je suis aveuglée par les phares de la voiture derrière nous.

— Putain ! jure quelqu'un. Y a quelqu'un devant. Ils bloquent la route.

Le chauffeur jette un coup d'œil sur l'écran GPS du tableau de bord. Je suis son regard et vois ce qu'il voit : il n'y a pas de routes secondaires entre nous et la voiture qui bloque le chemin. Ma bouche s'assèche.

— Baisse-toi, m'ordonne-t-il d'une voix tendue.

Avant que j'aie pu m'exécuter, une explosion frappe la voiture devant nous. Du métal vole dans les airs et des flammes s'élèvent dans la nuit. Le chauffeur fait une embardée sur la droite. Le téléphone me tombe des mains et atterrit quelque part sur le sol, tandis que mon corps est projeté contre la portière. Une douleur aiguë apparaît dans mes côtes, là où la poignée m'a percutée. Ma tête rebondit contre la vitre, provoquant davantage de douleur dans ma tempe. La voiture dérape sur la route et vient frapper la glissière en béton sur le côté. Nous partons dans un tourbillon, le monde devient un manège de flammes et de lumières tandis que les pneus perdent leur adhérence et que le caoutchouc brûle le tarmac.

L'avant de la voiture plonge. Je protège mon visage avec mes bras, mes coudes venant frapper le dossier devant moi. Dans le choc, ma tête percute l'avant. Mon estomac remonte dans ma gorge alors que le siège disparaît momentanément de sous mon corps et que mes dents claquent les unes contre les autres quand l'élan s'arrête abruptement.

Je secoue la tête pour chasser le vertige. Un goût de cuivre m'envahit la bouche ; ma langue est douloureuse à l'endroit où je l'ai mordue. Il me faut un moment pour m'orienter… Nous sommes tombés dans un fossé. L'avant de la voiture pointe vers le bas. Nous n'avons pas fait de tonneaux.

L'adrénaline alimente mon corps alors que la peur me glace le sang avant de me brûler les veines. Le chauffeur est affalé contre le volant. Je me penche en avant et secoue vigoureusement son épaule. Il ne bouge pas. La panique menace de me paralyser, mais je prends une profonde inspiration et essaie de taire mes émotions, de réfléchir. Je dois me concentrer sur l'entraînement que j'ai reçu, car ceci n'est pas un exercice d'évacuation dans les sous-sols de Bell Warren. C'est réel.

Des coups de feu résonnent non loin. Je tends le cou avec effort pour regarder par-dessus mon épaule, mais du fossé, je ne peux voir la route. Seules les flammes léchant le ciel sont visibles.

Posant deux doigts sur le pouls dans le cou du chauffeur, je prie pour qu'il soit vivant.

Rien.

Merde.

Je déboucle ma ceinture de sécurité et tends ma main tremblante entre les sièges avant, visant son étui de revolver. Il est sur son côté droit, contre la portière, trop loin. D'autres coups de feu retentissent, plus proches maintenant.

Ne pas se faire prendre.

Il n'y a plus le temps pour attraper l'arme. Je tire la poignée de mon côté et pousse. La portière s'ouvre avec un craquement avant d'être bloquée. Dans la lumière jaune des réverbères, je remarque la boue et les tas d'herbe sous la portière. Je retire mes chaussures et tape des deux pieds, enfonçant mes talons contre la portière jusqu'à ce que le passage soit assez ouvert pour que je puisse m'y faufiler.

Le manteau épais me gêne, il descend de mes bras tandis que je me force à passer par le petit espace. Le métal m'érafle les côtes. Quelque chose de pointu se prend dans ma robe, tirant le tissu et la peau. La douleur est cuisante, mais je n'y pense pas.

Ne pas se faire prendre.

Enfin libre, je trébuche et tombe sur les genoux dans la boue. Je me rattrape sur la paume des mains, mais je ne ralentis pas pour me redresser. Je traverse le fossé à quatre pattes avant de grimper au sommet, de l'autre côté. Des cailloux et des épines coupent la semelle de mes pieds nus tandis que je traverse en courant l'accotement herbeux de la route tranquille. N'osant pas regarder derrière moi, je fais le point sur les alentours devant moi pendant que mon cœur bat comme un fou dans ma poitrine.

Ne pas se faire prendre.

Il y a un centre commercial plus loin. Les magasins sont fermés et plongés dans le noir, mais c'est le groupe de bâtiments le plus proche en vue. Je cours de toutes mes forces. Mon unique espoir de me cacher réside à quelques centaines de mètres de là. Les coups de feu ont cessé. La nuit est d'un calme sinistre. Je m'efforce d'accélérer. Encore une centaine de mètres, et je me glisse dans une allée étroite entre deux bâtiments. Je fais vite le tour d'une benne à ordures industrielle et tourne au coin d'une autre allée.

M'arrêtant un moment, j'appuie mon dos contre le mur pour reprendre mon souffle. Avec avidité, j'apporte de l'oxygène à mes poumons. Le brouillard provoqué par les feux de cheminée est épais dans l'air. La fumée et la suie me brûlent les narines. Ma poitrine se soulève tandis que je bataille pour remplir mes poumons. J'ai un point de côté à force d'avoir couru. Je pose une main sur ma taille, là où se trouve la douleur. C'est humide… Je retire la main. Mes doigts sont recouverts d'une substance moite qui paraît noire sous les lampadaires.

Des nuages blancs se forment devant ma bouche. Les nuits de juillet à Johannesbourg tombent en dessous de zéro, mais je ne ressens pas le froid. Je ne ressens que la peur. Puis je les entends. Des bruits de pas crissent sur le gravier. Je reprends mon souffle, le retiens, trop effrayée de l'expulser par crainte de faire du bruit. Si je reste ici, je serai découverte. Ma seule option est de continuer de bouger.

Ne pas se faire prendre.

M'éloignant du mur, je marche sur la pointe des pieds jusqu'au bout de l'allée, les jambes tremblantes, et passe la tête au coin. La structure sombre d'une usine plane derrière le centre commercial. Une clôture de barbelés entoure la propriété. Deux barrières sont fermées ensemble à l'aide d'une chaîne, mais il y a un espace entre les deux. Je jette un coup d'œil derrière, au bout de l'allée, et alors, mon cœur bat une dernière fois avant de s'arrêter. Derrière le mur, une ombre tombe au sol. Elle est grande et déformée comme un monstre digne de cauchemars d'enfant. C'est l'ombre d'un homme, et elle avance rapidement.

Je ne réfléchis pas.

Je cours.

Je cours jusqu'à frôler l'évanouissement, forçant mon corps à franchir le passage étroit entre les barrières avant de me précipiter dans le jardin illuminé. La chaîne des barrières cliquette. Les pas émettent des bruits sourds derrière moi, réduisant trop rapidement la distance. Je me précipite au coin d'un entrepôt à la tôle ondulée et me dirige aveuglément dans un passage entre deux bâtiments plus petits. Une ampoule nue brille au-dessus d'une porte en métal, jetant un cercle de lumière poussiéreuse sur le sol. Dans l'image granuleuse de cette lumière, un mur s'élève trois mètres au-dessus de ma tête, devant moi. Des pointes de métal évoquant une rangée de dents se trouvent sur le dessus. La sortie est bloquée.

Merde !

Sachant que c'est futile, je saisis la poignée de la porte et tire d'un coup sec ; le panneau ne bouge pas. Je suis sur le point de retourner dans l'impasse quand la silhouette d'un homme apparaît en haut de la ruelle. Il est grand et large, tellement large qu'il bloque la lumière derrière lui. Avec efficacité, il me bloque la seule sortie.

Le choc me fige sur place. Mon corps refuse de coopérer alors que l'homme avance lentement, les bras écartés de son corps. Le contour d'une arme à feu dans sa main se dessine clairement dans l'ombre qui bouge sur les murs qu'il frôle.

La vue de l'arme me ramène brutalement dans l'action. Ne détournant pas le regard du danger, je me replie jusqu'à ce que mon dos tape contre le mur. Il s'arrête, une botte dans le cercle de lumière. La teinte crayeuse de l'ampoule inonde de biais son visage et son corps, illuminant des cheveux bruns aux reflets cuivrés qui sont légèrement trop longs et une barbe rasée de près. Ses traits sont anguleux et acérés, son nez droit et la ligne de sa mâchoire forte. Ses yeux ont la couleur de l'ambre noir, d'un brun-roux rare et magnifique. La faible luminosité les saisit d'une étrange façon, les faisant briller de l'intérieur comme ceux d'un vampire, mais ce n'est pas le jeu de lumières qui me fait le plus peur… c'est le regard calculateur dans ces deux globes.

Élargissant sa posture, il dit d'une voix profonde :

— Evie.

Avec cet unique mot, il confirme ma pire suspicion : c'est une attaque préméditée. Il en a spécifiquement après Evie. Son objectif ne peut qu'être la rançon ou la vengeance. Bell Warren a un tas d'argent et encore plus d'ennemis.

Des tremblements violents surviennent tandis que j'intègre la vérité. Je ne ressens toujours pas le froid, mais mes dents claquent.

— Evie, répète-t-il.

Comment cette voix peut-elle être si menaçante et si douce en même temps ?

— Tu as deux choix, continue-t-il. Tu peux venir avec moi sans faire d'histoires et tu ne risqueras plus de te faire de mal.

Le fait qu'il ne propose pas la seconde option ne m'échappe pas. Il fait un autre pas vers moi, mettant son corps en pleine lumière. Il porte un pull à col roulé et une veste en cuir qui s'étire sur ses larges épaules. Un jean sombre moule ses jambes puissantes. Il a l'air mince et en forme, comme s'il s'entraînait souvent. Je n'ai aucune chance de le battre si j'essaie de résister.

Il lève sa main libre, me l'offrant, paume ouverte. Je me concentre sur la largeur de cette main et sur les veines qui courent sur son poignet, disparaissant sous la manche de son blouson. Il peut m'écraser la nuque d'une pression des doigts, mais je n'abandonnerai pas si facilement. Je ne me rendrai pas de bon gré en le laissant simplement m'emmener.

Son bras tendu vers moi, il fait un autre pas. Instinctivement, j'appuie mon corps contre le mur.

Il laisse ses yeux descendre vers ma poitrine puis plus bas encore. Suivant son regard, je remarque la déchirure de ma robe, sur le flanc, qui expose ma hanche et mon sous-vêtement.

— Tu saignes, dit-il. Laisse-moi jeter un œil.

Inspirant et expirant par le nez, je calme quelque peu mes tremblements et adopte une pose détendue. Il hoche la tête d'approbation.

— Gentille fille.

Quand il franchit le pas restant et m'atteint, je remonte brutalement mon genou. Avant que ma rotule entre en contact avec la cible située entre ses jambes, il attaque d'une vitesse inhumaine et m'attrape la jambe. Je m'écroule presque. J'agite les bras dans tous les sens pour garder mon équilibre. Je ne l'ai pas encore retrouvé quand mon dos heurte le mur tellement fort que l'air quitte mes poumons. Il saisit ma hanche indemne et me presse contre les briques d'une main pendant qu'il appuie son avant-bras sur ma gorge. Le flingue est si proche de mon visage que je jure pouvoir sentir l'huile pour arme. Il n'émet pas de pression sur ma trachée, mais la menace est incontestable. Il n'aura même pas besoin de son arme pour me tuer.

— Evie, dit-il, un sourire désapprobateur courbant ses lèvres. J'espérais vraiment que tu n'allais pas choisir la seconde option.

Mon cœur cogne entre mes côtes. Épinglée au mur, je suis tout bonnement sans défense. Les seules armes dont je dispose sont mes mains ; je n'hésite pas à m'en servir. Je forme un poing avec ma main droite et le frappe dans le ventre avec tout ce que j'ai. En même temps, je lui griffe le visage de ma main gauche, laissant quatre lignes rouges dans le sillage de mes ongles. Ses yeux luisent de surprise, mais il ne grogne même pas. Quand il relâche ma hanche pour prendre quelque chose dans sa poche, je me défends avec toute ma force, me tordant, frappant. La pression sur ma gorge augmente, me coupant l'air. Je saisis son bras, tentant de l'écarter de moi pour que je puisse respirer. Mes cris sont étouffés, devenant des sons inutiles.

— Chuuut, Evie, dit-il d'un ton plein de regret, un ton réservé aux mauvaises nouvelles ou aux condoléances.

Cela me donne seulement envie de me battre davantage.

Quand il libère finalement ma gorge, c'est pour recouvrir ma bouche et mon nez avec un tissu humide. Je ne veux pas inhaler, mais mes poumons le font automatiquement. Ils aspirent la forte odeur des produits chimiques avec trop peu d'air.

Je résiste. Je n'abandonne pas, mais ma vision se brouille et mon corps devient lourd. C'est comme lorsque j'ai eu ma dent de sagesse retirée et que l'anesthésiste m'a dit de compter à rebours à partir de dix. Je n'atteins pas le chiffre quatre avant que mon monde ne devienne noir.

2

ROMAN

Levant la femme inconsciente dans mes bras, je traverse le jardin et me rends là où mon frère attend avec la Jeep. Nos deux autres véhicules bloquent la route en haut et en bas, bien qu'il y ait peu de chances pour que quelqu'un vienne visiter l'usine à cette heure de la nuit.

Matéo se tient sous le lampadaire près du 4 × 4 quand je monte sur la berge. Dans la lumière qui le recouvre, son visage est tendu. Quand il pose les yeux sur la femme dans mes bras, la ligne de sa mâchoire se durcit.

Il ne lui accorde pas plus de deux secondes d'attention avant de poser son regard sur moi.

— On fait quoi des gardes de Warren ?

Je m'arrête devant lui. Déplaçant le poids d'Evie, je prends rapidement une décision.

— Rassemble-les et amène-les.

Sa bouche se durcit.

— On devrait les tuer.

Les ramener est une erreur, mais ils peuvent être utiles.

— Attache-les, dis-je, coupant court à d'autres protestations en grimpant à l'arrière de la Jeep.

Les mains de mon frère forment des poings, mais au bout d'une seconde, il marche d'un pas lourd vers la voiture en haut de la route.

Je prends soin de ne pas cogner la tête d'Evie sur le toit tandis que je m'installe dans une position plus confortable avec elle sur mes genoux.

Andrew, mon cousin, est derrière le volant. Il démarre le moteur et s'en va sans me jeter un regard ni même me poser de questions. Nous passons sous le pont puis tournons à droite, dépassant les usines sidérurgiques et de tannage de cuir sur notre chemin. La zone industrielle sur ce côté de Jan Smuts Avenue n'est pas contrôlée par des caméras de surveillance routière. Nous avons choisi notre endroit avec précaution quand nous avons planifié notre attaque. Des sirènes braillent au loin, mais nous nous trouvons déjà sur Empire Road et allons à toute allure vers la zone vallonnée de Roodepoort.

Posant le flingue sur le siège à côté, je presse deux doigts sur le poignet d'Evie. Sa peau paraît gelée. Sous la pulpe de mon index et de mon majeur, son pouls est puissant et régulier. Elle saigne sur le côté, sa robe déchirée est trempée de sang et de boue. Je l'allonge avec sa tête sur mes genoux et retire mon blouson pour la recouvrir.

Andrew finit par me jeter un coup d'œil dans le rétroviseur ; ses yeux sont interrogateurs, mais je reste muet. Je sais ce qu'il pense. Il se demande pourquoi je dorlote la fille de notre ennemi. Je lui donnerais la réponse que j'ai donnée à Matéo : qu'elle est notre monnaie d'échange la plus précieuse.

Quelques voitures nous dépassent sur les routes de campagne qui traversent Triomf. Dans la lumière des lampadaires, j'observe le visage d'Evie. J'ai demandé à un détective privé de sortir chaque photo d'elle qui avait été publiée. Il n'y en a pas beaucoup, elle n'a pas de compte sur les réseaux sociaux. Du peu que j'ai vu, j'en ai déduit qu'elle était canon, mais elle est bien plus belle en vrai. La forme de son visage est ovale et ses traits encore plus délicats. Son dressing est classique, elle préfère des vêtements qui ne révèlent rien. Malgré tout, ses photos laissaient deviner des courbes voluptueuses. La femme sur mes genoux a une ossature délicate et un petit corps. Elle ne pèse presque rien.

Elle est courageuse compte tenu de sa piètre taille. J'admire son esprit combattant même si elle n'avait aucune chance. Contre un homme comme moi – et même contre un poids plume, bon sang ! –, elle finirait deuxième. Une montée de colère injustifiée envers son père flamboie dans ma poitrine. Il l'a envoyée dehors, en pleine nuit, sans protection appropriée. Un homme comme Warren n'aurait pas dû me rendre la tâche si facile… Maîtriser ses gardes et saisir la récompense fut trop aisé…

— Nous y sommes, annonce Andrew.

Je détourne le regard du visage d'Evie pour lui accorder un rapide coup d'œil. Il m'étudie dans le rétro, le front soucieux. Je ne dis rien quand il s'arrête près de l'interphone et baisse sa vitre. Un souffle d'air froid s'engouffre à l'intérieur. Il tape le code. Une seconde plus tard, les doubles barrières s'ouvrent. Un garde avec son arme automatique fait un signe de tête quand Andrew pénètre la propriété.

Mon cousin se penche à la vitre.

— Les autres sont à environ cinq minutes d'ici.

L'homme se met au garde-à-vous, comprenant l'ordre de les laisser passer rapidement. Nos véhicules ont des vitres teintées, mais dans cette partie de la ville se trouvent des caméras anti-crime. Nous ne voulons pas attirer une attention indésirable.

Andrew se gare devant la maison. La structure moderne se tient sur une colline au milieu d'une vaste étendue herbeuse avec piscine et maison d'été sur le côté. Une vallée de lumières de la ville s'étend au-dessous. Andrew arrive à ma portière, il tend la main pour prendre Evie, mais j'ignore son offre silencieuse de m'aider et sors avec elle dans mes bras. Il court au-devant pour déverrouiller la porte d'entrée et allumer les lumières.

La maison chauffée est réconfortante après le froid. Je prends les escaliers menant à ma chambre, laissant Andrew dans l'entrée pour attendre Matéo. Ce dernier aura besoin d'aide quand il arrivera avec nos otages. Dans la chambre, je dépose Evie sur le lit et me dirige vers la salle de bain, où j'ouvre le robinet de la baignoire. En attendant que l'eau soit chaude, je prends une trousse de premiers secours dans le meuble et dépose les objets dont j'ai besoin sur la table de toilette. Relevant mes manches, je vérifie l'eau avant de mettre le bouchon puis je reviens auprès de ma petite et inconsciente personne à charge.

Matéo déboule par la porte quand je retourne dans la chambre.

Son regard va de moi à la forme immobile d'Evie sur le lit.

— Que fais-tu ?

Je serre la mâchoire, prenant une seconde pour calmer mon irritation.

— Je vais lui faire la toilette. Tu as eu leurs téléphones ?

— Ils sont déjà détruits, le sien compris, dit-il en faisant un signe de tête vers Evie. Nous avons trouvé un portable prépayé à l'arrière de la voiture, tout comme un traqueur sous le plancher.

— Bien.

Nous ne voulons être pistés par personne. Je ferai savoir à Warren qui détient sa fille en temps voulu.

— Et l'émetteur-récepteur ? demandé-je.

— Pareil, détruit.

J'affiche mon approbation.

Son regard revenant vers le lit, il dit :

— Sa place est au sous-sol, avec le reste des sbires de Warren.

— Elle ne nous servira à rien si elle chope une pneumonie.

Il ouvre la bouche, sans doute pour argumenter, mais je pose la main sur sa nuque et l'attire plus près. Pressant nos fronts l'un contre l'autre, je le regarde dans les yeux.

— Elle nous sera inutile malade ou morte.

— C'est une Warren ! dit-il, les dents serrées. Elle est notre ennemie. Tu l'as oublié ?

— Je ne l'oublierai jamais, dis-je d'une voix douce mais sérieuse qui couve une légère haine. Tu dois garder la vue d'ensemble en tête.

— Elle n'est qu'un moyen de parvenir à nos fins.

— Exactement. Maintenant, va en bas et assure-toi que les hommes de Warren sont enfermés à clé dans la cellule.

Il fait un bref signe de tête. Après un dernier regard à Evie, il sort de la pièce d'un pas raide.

Je marche jusqu'au lit et la regarde. Pendant un moment, j'hésite. Je devrais attendre qu'elle soit consciente avant de la déshabiller, mais elle a trop froid et est trop sale. Je dois désinfecter ses blessures. Il vaut mieux qu'elle ne s'éveille pas avant que je finisse. Je n'ai pas d'anesthésique local, et la recoudre va lui faire un mal de chien.

Une fois ma décision prise, je saisis le col de sa robe et le descends jusqu'à sa taille. Le tissu rose est brillant, ou plutôt *était* brillant avant d'avoir été souillé par la terre. La robe a été faite pour une princesse... Elle aurait été une princesse rencontrant son prince charmant ce soir si elle était parvenue à destination. Au lieu de ça, elle est coincée ici avec le monstre.

Je déchire la jupe et écarte les pans de son corps. Un soutien-gorge rose remonte sa poitrine et lui offre un décolleté généreux. Un jupon en tulle recouvre ses jambes. Comme la robe, il est déchiré sur le côté. L'élastique facilite la tâche de le faire descendre sur ses hanches et ses cuisses pour lui libérer les pieds. Je prends un instant pour savourer la vue, pour la mémoriser. J'aurais besoin de connaître chaque centimètre, chaque partie d'elle pour que mon plan fonctionne. Son ventre forme un creux avant de remonter vers son mont de Vénus. Sa peau est si pâle que les petites veines bleues sont visibles. Elle est indéniablement magnifique, une récompense qui mérite de se battre. Mon corps réagit à elle. Ma verge s'est durcie quand je l'ai épinglée contre le mur… C'était peut-être l'adrénaline du combat ou l'euphorie de la chasse. Ou encore l'excitation de savoir que j'avais entre mes mains ce que Warren avait de plus précieux. Peu importe la raison, ma queue se réveille en ce moment même, remarquant le V entre ses jambes et le triangle de poils féminins visible sous sa fine culotte.

Forçant mon regard à se détourner de son sexe recouvert de dentelle, je me concentre sur son visage ; ses lèvres sont bleues. Je parie que sous le vernis rose pâle, ses ongles arborent la même couleur. Je m'attelle rapidement à retirer sa culotte avant de tourner Evie sur le côté pour dégrafer son soutien-gorge. Les bonnets tombent, sa poitrine se répand, ses mamelons sont d'une légère teinte abricot. Les bonnets sont rembourrés, conçus pour rendre ses formes plus pleines. Ses seins ne sont ni petits ni gros, juste d'une taille normale qui va avec son corps. Je n'ai aucune préférence en termes de taille ou de forme, mais j'aime comme elle est.

Je ne m'embête pas avec son collier ; à y regarder, c'est un faux. Je l'arrache et le laisse sur la table de nuit. Sa Rolex, que je retire ensuite, est une réplique elle aussi. Warren est soit radin, soit très prudent vis-à-vis de vols potentiels. Tellement dommage qu'il n'ait pas été plus précautionneux pour faire transporter sa fille… Elle ne porte aucune bague ; je suppose qu'elle a laissé ses doigts nus pour mieux montrer le diamant que Nathan lui aurait glissé au doigt de la main gauche. Les seuls bijoux que je laisse sont les petits clous en argent à ses oreilles.

Toujours sous le coup de l'adrénaline, je me déshabille dans le dressing, jette les vêtements tachés de sang dans le panier et laisse un jean propre, un pull et une veste sur la chaise de la chambre avant de me rendre dans la salle de bain. La baignoire est presque pleine. Après avoir fermé le robinet, je dispose des serviettes sur le plan de toilette et prends du savon sous la douche. Quand tout est disposé sur le côté de la baignoire, je vérifie l'eau pour m'assurer qu'elle n'est pas trop chaude. Puis je vais chercher Evie et la porte jusqu'à la baignoire. J'y grimpe avec précaution, faisant attention de ne pas glisser avec elle dans mes bras. M'installant, le dos appuyé contre le côté opposé aux robinets, je plie les genoux et l'installe entre mes jambes. Ainsi, je peux supporter son poids sur ma poitrine et lui éviter de glisser sous l'eau.

Avec précaution, je rince son corps. Ses cheveux sont assemblés en un chignon sophistiqué. Les mèches blondes portent l'odeur de l'air de la nuit de Johannesbourg, de la fumée avec un léger soupçon de sang… C'est la signature olfactive des rues dangereuses du soir. L'odeur de boue ne masque pas celui de son parfum cramponné à ses cheveux, une légère odeur de vanille. Je m'assure de ne pas lui mouiller les cheveux. Seules quelques boucles de sa nuque deviennent humides quand je passe une éponge sur sa peau et presse l'eau savonneuse sur son corps.

Ses tétons se contractent. Ma verge, qui était à moitié durcie, le devient totalement, piégée entre nos deux corps. Comme plus tôt, ma réaction me surprend. Normalement, je n'ai pas d'érection face aux femmes inconscientes qui ne peuvent se défendre. Ce doit être le frisson de la victoire… Tant mieux si je la trouve attirante. Même si elle avait un énorme grain de beauté sur le front et des poils lui dépassant du nez, je continuerais notre plan. Ses traits et son corps rendent juste ma tâche à venir plus facile.

Quand elle est lavée de la boue et du sang, ma queue s'est quelque peu calmée. Je retire le bouchon, ouvre le jet de la douche relié au robinet et m'attelle rapidement à nous rincer jusqu'à ce que l'eau sale du bain soit évacuée et que l'eau qui coule soit claire. Puis je ferme le robinet et la mets avec précaution sur le dos dans la baignoire vide pendant que je me saisis des serviettes.

Après en avoir passé une autour de ma taille, je lève Evie et la couvre avec l'autre. De retour dans la chambre, je la dépose sur le lit et la sèche. La coupure sur sa hanche saigne à nouveau. Je laisse la serviette sous son corps pour absorber le sang et retourne chercher le nécessaire sur la table de toilette.

Incapable de m'en empêcher, je la regarde de nouveau à la dérobée pendant que j'aligne le matériel médical. Je ne me suis pas bien appliqué en lui nettoyant le visage, du mascara noir coule sous ses yeux, cela la rend plus vulnérable, et étrangement aussi plus jolie. Peut-être que le maquillage étalé souligne sa beauté naturelle au moyen de contrastes.

Pendant les quinze minutes qui suivent, je désinfecte ses blessures et la recouds. La coupure sur sa hanche ne nécessite pas moins de cinq points ; ça laissera une cicatrice. Lui abîmer sa peau parfaite devrait être le dernier de mes soucis, et pourtant, contemplant sa nudité, je remarque sa magnificence. Je ne veux pas être celui qui la ruinerait. L'ironie de cette pensée ne m'échappe pas : elle sera ruinée d'une façon bien pire quand j'en aurai fini avec elle. Les cicatrices que je laisserai ne seront pas visibles, mais elles seront indubitablement profondes.

Ça ne peut être évité… Elle est un dommage collatéral. Pourtant, je vais chercher ma veste sur la chaise, prends le téléphone dans ma poche et appelle Matéo.

— Nous sommes prêts, nous t'attendons, dit-il avec jubilation, car il a autant faim de justice que moi.

Je pose une couverture sur le corps d'Evie.

— Il me faut de l'huile pour le corps et de quoi faire une piqûre antitétanique. Envoie Andrew. Dis-lui de prendre des bandages et des antibiotiques également.

Une seconde passe avant qu'il ne se mette à parler.

— Et les hommes de Warren ?

— Ils attendront.

Pour ne pas lui donner l'occasion d'argumenter, je mets fin à l'appel.

Un doux gémissement sort des lèvres d'Evie. Elle remue. Je regarde ma montre : pile à l'heure. Le docteur a dit qu'elle ne se réveillerait pas avant soixante minutes.

Je laisse le téléphone sur la table de nuit et m'arrête sur le côté du lit. Ses longs cils noirs s'agitent. Un froncement lui plisse le front. Ses paupières tressaillent et s'ouvrent. Les yeux les plus verts que j'ai jamais vus me fixent. Son regard est brumeux, lointain. Ses yeux clignent deux fois et son regard se fait limpide. Ses pupilles se rétractent, la peur s'insinue dans ses iris alors qu'elle reprend conscience.

Se soulevant à l'aide de ses coudes, elle essaie de s'asseoir mais s'arrête à mi-chemin en grimaçant.

Je place une main sur son épaule, apposant une douce pression pour l'inciter à se rallonger.

— Reste calme. J'ai dû te recoudre.

Ses narines délicates s'évasent tandis qu'elle respire douloureusement. Elle maintient son regard sur moi – elle est assez intelligente pour ne pas perdre de vue le danger.

— Qu'est-ce que vous voulez ?

Je ne lui donne pas une réponse qu'elle ne voudra pas entendre.

— Je te donnerai quelque chose pour la douleur.

— Où suis-je ?

Elle peut passer d'une question à une autre, mais elle apprendra rapidement que la seule information qu'elle obtiendra sera celle que je voudrai lui donner.

— Qui êtes-vous ? demande-t-elle.

Je laisse tomber la serviette, ça lui ferme le clapet. Son regard tombe sur ma demi-érection. La façon dont son corps se raidit sous la couverture m'informe qu'elle est prête à lutter de nouveau, mais la force ne fait pas partie de mon mode opératoire. Je dois m'habiller, mais je ne peux la laisser seule, et je ne veux pas l'attacher alors qu'elle est blessée. Au lieu de ça, j'enfile les vêtements que j'avais laissés sur la chaise.

Une fois que je suis vêtu, elle retente.

— Pourquoi suis-je ici ?

Je remplis le verre sur la table de nuit avec l'eau du pichet et lui propose les antidouleurs que j'avais disposés sur le côté. Soutenant sa nuque, je porte le verre à ses lèvres. Elle gobe les pilules dans la bouche et les avale avec obéissance, semblant un peu moins tendue maintenant que j'ai rangé ma verge dans mon pantalon.

Quand elle a assez bu, je repose le verre sur la table de nuit.

— Evie.

Son regard revient brutalement vers moi quand elle entend son prénom.

La surplombant, je formule les conditions.

— Tu as deux choix : si tu restes là jusqu'à ce que je t'autorise à bouger, je n'aurai pas à t'attacher.

Sa gorge délicate ondule quand elle déglutit.

— Alors, ce sera quoi ? demandé-je.

— Je ne m'enfuirai pas. Je n'irais pas loin, de toute façon, ajoute-t-elle avec sarcasme.

Son attitude de défi me fait sourire.

— Bien. Je dois m'occuper de mes affaires. Disons que c'est le premier test.

On frappe à la porte. Matéo l'ouvre sans attendre de réponse.

— Andrew est parti. Le docteur a demandé si tu avais besoin qu'il vienne.

— Dans une minute.

J'incline la tête vers le couloir, lui faisant savoir que nous parlerons en privé, puis conclus :

— Rassemble les hommes dans la salle de jeux.

Il jette un coup d'œil à Evie, le regard plus dur, avant de partir, l'air renfrogné.

Je remonte ma manche et vérifie l'heure sur ma montre. Les nouvelles du kidnapping ont dû venir aux oreilles de Warren depuis longtemps ; j'aurais aimé voir sa tête.

— Combien ? demande Evie.

Je la regarde. Une impulsion me donne envie de me lécher le pouce pour essuyer les traînées noires sous ses yeux, mais je ne cède pas. Elle m'observe, la mâchoire serrée.

Ajustant le col de mon pull, je fais de l'humour.

— Combien de quoi ?

— Combien d'hommes avez-vous tués ?

— Autant que nécessaire.

— Vous avez fait sauter leur voiture, dit-elle, incrédule.

Je hausse les épaules.

— J'ai tout un arsenal d'armes.

La colère bouillonne dans ses yeux.

— Vous n'en avez rien à faire des innocents que vous avez tués ! Vous êtes un monstre !

Je ricane.

— Il n'y a pas à en débattre, ma douce. Juste pour mettre les choses au clair, ces hommes n'étaient pas innocents. Ils étaient coupables par association. Tout homme qui se trouve du côté de Warren est mon ennemi.

— Combien ont survécu ? Où les gardez-vous ? Sont-ils blessés ?

Tant de questions, et elle pose les mauvaises ! Je souris.

— Essaie de te reposer. J'enverrai de la nourriture et une boisson chaude.

Elle fait la moue.

Je mets mon téléphone dans ma poche arrière et enfile ma veste. Je suis déjà à la porte quand elle se remet à parler.

— Vous ne m'avez pas dit qui vous êtes.

Elle ne m'a pas reconnu. Son père a fait du mauvais boulot en l'éduquant... J'en retire une satisfaction perverse.

— Roman Malan.

Ses jolis yeux s'agrandissent.

Je ferme la porte sur son visage choqué et la verrouille, laissant la clé sur la serrure avant d'aller descendre les escaliers.

Matéo me rattrape dans le hall.

— Les hommes attendent dans la salle de jeux. Ils se servent en boisson... Que veux-tu que je dise à Andrew concernant le docteur ? Doit-il venir ?

Je continue de marcher vers la salle.

— Les hommes de Warren sont blessés ?

Il m'emboîte le pas.

— Pas vraiment.

— Alors non.

Entrant dans la pièce, je me dirige vers le plateau d'alcool. Matéo suit et ferme les portes derrière lui. Je soulève la carafe à décanter.

— Un verre ?

Il hoche la tête.

On peut se contenter d'un seul. Je nous en verse un chacun et lui tends le scotch. Je m'assieds derrière mon bureau tandis qu'il prend le fauteuil destiné aux invités.

— Quelles sont les nouvelles ? demandé-je, faisant tournoyer la liqueur dans mon verre avant de prendre une gorgée.

L'alcool descend ma gorge en brûlant jusqu'à mon estomac, laissant une agréable chaleur persistante.

— Rien à part l'explosion. La police suspecte une bagarre entre gangs. Ils disent que les témoins ont fui la scène. Notre équipe de nettoyage s'est assurée qu'aucune preuve n'a été laissée.

Tant mieux. Cela veut dire que Warren n'a pas déclaré le kidnapping de sa fille aux autorités. Il sait comment ça fonctionne. Il n'ira pas voir la police. Il comprend, comme n'importe quel chef à la tête d'une famille crapuleuse, que s'il le fait, elle meurt. Il attendra que la personne qui l'a embarquée pose ses exigences.

Matéo me regarde fixement.

— Quand vas-tu le contacter ? demande-t-il.

— Bientôt. Laissons-le prendre son mal en patience.

— Je garde un œil sur les réseaux sociaux, sur les comptes des gens supposés assister à la fête ce soir, chez Stone. Ils l'ont annulée.

— Avec quelle excuse ?

La réponse devrait être divertissante.

— Warren a dit qu'Evie avait eu des problèmes intestinaux juste avant l'événement. Ils vont le reprogrammer.

Je caresse du doigt le bord de mon verre. Warren retardera le report à coups d'excuses jusqu'à ce qu'il retrouve sa fille.

— Et pour les hommes de Warren ? demande Matéo.

— Nourris-les.

Il me regarde bouche bée, comme si j'avais perdu la boule.

— Prépare également quelque chose pour Evie et

apporte-le dans ma chambre, continué-je. Elle a besoin d'une tasse de thé chaud.

Les articulations de ses doigts blanchissent autour du verre.

— Bordel, mais pourquoi je ferais ça ?

Je le regarde avec sévérité.

— Parce que je te le dis.

— Être aux petits soins pour eux ? demande-t-il, les dents serrées.

Je bois d'un trait ce qui reste de ma boisson.

— Les garder en vie.

Il suit mon exemple et claque son verre sur le bureau avant de se lever.

— Et toi ?

— J'ai un appel de prévu avec l'un de nos informateurs. Je veux savoir comment l'enquête de police progresse. Retrouve-moi pour un débrief avec les autres quand tu auras fini.

Ils ont peut-être dit qu'ils n'avaient laissé aucune preuve derrière eux, mais je ne tiens jamais rien pour acquis.

Matéo m'observe, jaugeant ma réaction.

— Elle n'est pas effrayée. Elle croit avoir le pouvoir. Elle a besoin qu'on la remette à sa place.

Elle a bel et bien du pouvoir, énormément, mais elle a très peur. Elle s'en sort juste mieux en se montrant courageuse.

J'incline ma tête vers la porte.

— À manger. Ce soir.

Ses mains forment des poings, et il marche vers la porte, la claquant derrière lui quand il sort.

Ouais, elle devrait avoir peur.

Si elle savait ce que je prévois pour elle, elle serait pétrifiée.

3
CHRISTINA

Au moment où la porte se referme derrière Roman, je rejette la couverture de mon corps et m'assieds. Bouger me fait mal, mais j'ignore la souffrance et sors du lit. Mes muscles sont douloureux et ma nuque est crispée comme si je sortais d'une bonne séance d'exercice physique ; ce doit être une conséquence de l'accident. Les écorchures sur mes pieds me brûlent et mon flanc palpite.

J'étudie mon corps nu. La coupure allant de ma taille à ma hanche est grossièrement recousue. À part quelques bleus et égratignures, je n'ai pas d'autres blessures.

Malgré la température agréable de la pièce, je frissonne. Je ne ressens plus le sursis de la torpeur. C'est un froid qui vient de moi, un froid qui me pénètre jusqu'aux os et qu'aucun radiateur ne peut chasser. Ma priorité, ce sont mes vêtements. Ce n'est pas le froid qui me motive ; je ne veux pas être plus vulnérable que nécessaire.

De la lumière passe à travers la porte sur la droite. Je me déplace en clopinant. Le carrelage est tiède sous mes pieds nus ; Roman doit avoir le chauffage au sol. Je m'arrête sur le seuil et passe la tête par l'encadrement d'une salle de bain spacieuse. De la condensation recouvre les miroirs et les objets. Un parfum de gel douche est suspendu dans l'air, un soupçon de pin et de fougeraie ; il s'est récemment lavé. Je réalise que je suis propre, et le malaise se déploie dans mon estomac, mais je repousse rapidement cette pensée. Je ne veux pas avoir d'explication à ce sujet, car je ne serais pas capable de la supporter. Au moins, Roman ne m'a pas touchée *de la sorte*. S'il l'avait fait, je le saurais. Il n'y a pas de petite consolation.

J'ai un aperçu de moi dans le miroir. Mon visage et mes cheveux sont une catastrophe. La zone autour de mon abdomen est violette de bleus. J'entre, remarquant que le tapis de bain devant la baignoire est humide ; cela doit expliquer comment Roman m'a nettoyée. Prenant un mouchoir sur la table de toilette, je le mouille sous le robinet et essuie le mascara du dessous de mes yeux. Ce n'est pas être présentable qui m'importe, c'est de maintenir l'apparence que je vais bien et que je suis forte au lieu d'être effrayée et faible.

Une autre porte se situe sur le côté. J'avance lentement… Il s'agit d'un grand dressing. À l'intérieur, ça sent l'eau de Cologne pour homme. C'est discret, pas lourd comme celle de Bell. Je ne sais pas bien pourquoi, mais cette subtilité m'emplit de crainte… Les hommes qui pratiquent la modération et le contrôle ont de la volonté. Les hommes qui ne portent pas trop d'eau de Cologne ne cherchent pas à compenser ce qui leur manque dans d'autres domaines. Ils sont sûrs d'eux. Ces hommes-là sont les plus dangereux.

Les tiroirs et les placards ont des miroirs sur le devant. Des lumières noires mettent en évidence le contenu des étagères blanches : des pulls pliés avec soin et des chemises pour homme les remplissent. Les vestes et pantalons sont suspendus dans le placard où tout est rangé par couleur. J'ouvre les tiroirs et vérifie quelques étiquettes ; tous les vêtements sont de la même taille. Il n'y a pas d'autres habits pour homme ou femme. Roman vit seul.

Je prends un tee-shirt et un pantalon de survêtement puis les enfile. Me sentant plus forte avec des couches de tissu, je passe en revue les tiroirs au-dessus d'une rangée de chaussures de soirée sophistiquées, mais à part des montres et des boutons de manchettes onéreux, il n'y a ni armes, ni téléphones.

Je ne perds pas davantage de temps ici et retourne rapidement dans la chambre. Elle est moderne avec un minimum de meubles. Un canapé en cuir blanc fait face à une table basse en verre contre la fenêtre. Le lit contre le mur arbore une énorme tête de lit recouverte de velours noir. Les draps sont de la même couleur, tout comme l'édredon et la couverture qui m'ont recouverte. Une toile sans cadre aux épais coups de pinceau foncés est accrochée sur le mur opposé. La peinture est sombre et déprimante. Le reste de l'espace est blanc.

Sans perdre un instant, je fouille la chambre. Le tiroir de la table de nuit est fermé à clé. Comme le dressing, la chambre est sans danger pour les enfants… ou bien les otages. Pas d'armes, de couteaux ni de téléphones portables ne traînent. Je ne m'attendais pas à en trouver, mais je ne peux m'empêcher d'espérer. Si ça arrive, autant tout abandonner.

Sachant d'avance ce que ça va donner, je teste la porte : verrouillée. Ma gorge est serrée par la peur. Je peux deviner pourquoi Roman voulait prendre Evie. Le fait qu'elle m'ait montré le diamant et mentionné son nom ce soir, ça fait trop pour être une coïncidence. Quelque chose a dû arriver. Bell a dû lui dire qu'il y avait un risque. Peut-être que Roman a envoyé un message ou une menace. Je ne peux ignorer la possibilité qu'ils s'attendaient peut-être à une attaque, mais je ne veux pas y croire. Ce que ça impliquerait serait trop troublant. S'ils avaient su et m'avaient envoyée au-devant du danger, je serais plus dispensable que je ne le pensais. Je me frotte les yeux. Non… Je ne peux pas penser de la sorte. Bell a besoin d'une doublure pour sa fille. Ça lui a pris neuf ans et un investissement considérable d'argent pour me transformer en son sosie. Il s'assurera que je suis en vie. Il a besoin de moi pour protéger Evie.

Gagner du temps. Poursuivre le spectacle.

C'est ma seule chance de sortir d'ici vivante. Si Roman me suspecte de ne pas être Evie, il me tranchera la gorge. Un frisson me parcourt le corps, et un autre suit dans la foulée. Je commence à claquer des dents. Au moins cinq des hommes de Warren sont morts, tous sacrifiés dans une guerre de la mafia. Cette réalité me frappe avec une clarté qui me rend nauséeuse. Jusqu'à présent, me faire prendre était une théorie, quelque chose que j'avais anticipé pour jouer la comédie sur le papier. J'ai été naïve de croire que j'étais prête, rien ne pouvait me préparer à ça. Je ne veux pas penser à ce que Roman pourrait me faire, mais je ne parviens pas à empêcher les images du corps d'un homme massacré de se répandre dans ma tête. Bell m'avait forcée à regarder… Il m'a montré directement ce que serait mon destin.

Pressant la paume de mes mains contre mes yeux, je renvoie les images mentales. Le moment n'est pas à la faiblesse, je dois rester calme et rationnelle. Pourtant, mon côté humain frôle l'hystérie, cela me demande un énorme effort de rester sensée. J'inspire par le nez et expire par la bouche jusqu'à ce que mes tremblements cessent.

Poursuivre le spectacle.

Tant que Roman croira que je suis Evie, il ne me tuera pas, elle a trop de valeur. Je dois juste prétendre que Bell paiera la rançon et assurera un échange. En attendant, la seule arme à ma disposition est le savoir. Je dois en découvrir autant que je le peux, je dois découvrir où je me trouve. Si l'opportunité de m'échapper survient, j'aurai besoin de prendre la moindre longueur d'avance.

Les volets sont ouverts ; je me rends à la fenêtre. Une nappe de lumières s'étire au-dessous. Nous sommes sur une colline. Je ne reconnais pas la vue, mais c'est encore la ville.

La porte s'ouvre, ce qui me fait sursauter. Un homme de grande taille entre, chargé d'un plateau où sont disposés un mug fumant et un sandwich. Il porte un jean et un tee-shirt à manches longues. Je me concentre sur le flingue dans le holster attaché sur sa poitrine. Quand il referme la porte d'un coup de pied et apporte le plateau à la table basse, je me mets dos à la fenêtre. Je ne recule pas quand il se redresse devant moi après avoir déposé le plateau. Je ne donnerai à aucun d'entre eux la satisfaction de savoir à quel point j'ai peur.

Le sourire qui élargit sa bouche est factice. Il est plus jeune que Roman, mais la ressemblance est troublante. Ils doivent être de la même famille, voire frères.

— De quoi manger pour la princesse, dit-il, sa lèvre supérieure se retroussant pendant que son regard s'attarde sur moi.

Je ne le remercie pas, car de la gratitude serait déplacée. Il hausse un sourcil.

— Tu as faim ? Tu dois avoir les crocs, vu que tu as loupé ton dîner de fiançailles.

Comme j'ignore ce qu'est la bonne réponse, je garde la bouche close.

— Un sandwich n'est pas assez bien pour toi ? demande-t-il, faisant un pas de plus qui amène le bout de ses bottes contre mes orteils. Je suis certain que ce n'est pas comparable à ces dîners de luxe faits de caviar, d'huîtres et de champagne, mais c'est plus que ce que tu mérites.

Tendant le cou, je reste sur mes positions et le regarde droit dans les yeux. Montrer de la peur est une faiblesse que les hommes comme Bell et lui aiment exploiter. Je connais ce genre-là.

Ses narines s'évasent. Il a échoué à me mettre en colère. Il prend l'assiette du plateau et la jette à mes pieds. La porcelaine se brise sur le sol et le pain tombe, le côté beurré vers le haut. À part le tressaillement que je n'ai pu contrôler, je ne bouge pas un muscle, mais dans ma poitrine, mon cœur cogne à un rythme effréné.

Il est sur moi si vite que je ne le vois pas venir. Me prenant par le chignon, il me force à me mettre à genoux. Des épingles à cheveux tombent en faisant de petits bruits métalliques autour de moi. Les boucles que la styliste a mis des heures à faire chutent sur mes épaules.

— Tu peux le manger directement sur le sol, dit-il, les lèvres serrées, me maintenant en place avec sa poigne contre mon crâne. C'est sur le sol d'une cellule que tu devrais être en train de le manger. Si on avait fait à ma manière, tu n'aurais rien eu à te mettre sous la dent.

S'il déteste Evie à ce point, je suis surprise qu'il ait fait l'effort de beurrer le pain ! Pourquoi ne pas l'avoir simplement servi sec ? La peur pulse dans mes veines, rendant mes paumes moites, mais je contrôle mon expression et le regarde fixement d'un air de calme défi. Je laisse la colère prendre le relais, sinon la terreur me consumera.

— Du Warren tout craché, dit-il avant de me relâcher d'une poussée. Au sommet, puissante sur ton trône.

— Vous ne me connaissez pas, dis-je en ignorant la douleur sur le côté et en me remettant debout. Vous n'avez pas appris que c'était une erreur tactique de faire des suppositions ?

La fureur étincelle dans ses yeux ; les siens sont plus sombres que ceux de Roman, d'un marron plus profond. Ses mains sont des poings, et il lève le bras. Il me faut alors tout mon courage pour ne pas me recroqueviller. Au bout d'une seconde, il laisse retomber son bras sur le côté.

La porte s'ouvre. L'homme tourne la tête dans cette direction, remuant les doigts comme s'il aimerait encore me frapper.

Roman se tient dans l'embrasure. Ses yeux vont de l'assiette brisée et la nourriture éparpillée sur le sol à l'homme à côté de moi, puis il demande d'une voix tranchante :

— Matéo ?

L'homme – Matéo – marche jusqu'à la porte.

— Je lui ai apporté un plateau comme tu m'as demandé.

Il pousse Roman et s'en va.

Ce dernier ferme la porte. Il m'étudie un moment avant de dire :

— Tu as fait connaissance avec mon frère.

Réduisant la distance, il s'arrête tout près de moi.

— Avoir des accès de colère n'aidera pas à gagner des faveurs ici, continue-t-il.

Je suppose qu'il fait référence au pain sur le sol.

— Ramasse-le, dit-il d'un ton contrôlé et intransigeant. Je ne supporterai pas ce genre de comportement. Je te l'ai dit, tu as le choix.

J'ouvre la bouche pour lui dire qu'il peut ordonner à son frère de le ramasser, puisqu'il s'agit de l'œuvre de Matéo, mais il m'arrête en posant son doigt sur mes lèvres.

— Je t'ai dit de parler, Evie ?

Il n'attend pas ma réponse ; il retire la main de ma bouche comme si ma peau l'avait brûlé et continue avec une certaine froideur :

— Alors ne le fais pas.

Il est en colère, et ce n'est pas la haine qu'il nourrit envers son ennemi, Bell. Cette colère-ci semble personnelle, bien que je n'aie aucune idée de ce qui a pu causer ce courroux.

Choisissant mes batailles intelligemment, je me mets à genoux et rassemble les éclats de porcelaine. Il croise les bras et étend sa posture tandis que je rampe sur le sol pour collecter tous les morceaux. Quand j'ai posé le pain sur le dessus de la vaisselle brisée, il pousse la poubelle vers moi avec le bout de sa botte. Je jette le tout à l'intérieur et m'agrippe au bord de la table basse pour m'aider à me relever, mais avant que j'aie pu me redresser, il pose sa large main sur ma mâchoire, prenant mon visage entre ses paumes.

Ses doigts plongent dans mes joues, et il m'incline la tête pour me forcer à le regarder dans les yeux. Un feu y brûle, des flammes noires et menaçantes comme la peinture sur le mur.

— Tu me fais bander quand tu te mets à genoux devant moi. J'aime un petit peu trop ça, alors arrête tes crises de colère. Cela ne fera que te mettre dans une position compromettante. Entendu ?

Je détourne la tête, échappant à son contact. Il me laisse tranquille. Quand je me remets sur mes pieds, il me prend par le coude pour m'aider.

— Étant donné que tu as jeté ton dîner sur le sol, je suppose que tu n'as pas faim, dit-il.

Se penchant, il saisit une tranche de pain de la poubelle et l'étudie tout en la retournant. Il serre la mâchoire mais laisse retomber le reste de sandwich dans la poubelle sans rien dire avant de s'essuyer les doigts sur la serviette du plateau. Avec une détermination résolue et soudaine, il me prend le bras et me pousse vers la porte.

Ma panique augmente. J'ai beau faire semblant d'être courageuse, j'ai peur. Mon entraînement ne m'a pas préparée à la terreur qui me donne envie de vomir.

Il tire d'un coup sec sur la porte pour l'ouvrir et me traîne à travers le couloir jusqu'à une porte de l'autre côté. Il l'ouvre, me pousse à l'intérieur. Je trébuche, me rattrape avant de tomber. C'est une chambre de la même taille que la sienne. Les meubles sont similaires, mais la couleur dominante est le brun caramel et non le noir.

— Il y a des vêtements dans le dressing, dit-il derrière moi.

Je pivote. Son regard me parcourt d'un air désapprobateur.

— Tu n'as pas à porter les miens.

Je me recule encore plus loin dans la pièce tandis qu'il pose un bras dans l'embrasure au-dessus de moi et m'observe, une lueur prédatrice dans ses yeux d'un brun roux.

— Tu dormiras ici, dit-il, insistant bien sur l'ordre, comme pour nous convaincre tous les deux.

Le soulagement déferle en moi. Pendant quelques horribles instants, j'ai cru qu'il allait m'obliger à partager sa chambre. Puis le brouillard induit par la peur s'éclaircit un peu, et ses paroles gagnent du sens. Dormir ici ? Il a acheté des vêtements ? Pour combien de temps prévoit-il de me garder ?

J'humecte mes lèvres sèches et pose la question qu'Evie avait posée quelques heures plus tôt seulement.

— Combien je vaux ?

Il n'hésite pas.

— Tu n'as pas de prix.

Je resserre les bras autour de moi.

— Je veux dire, que voulez-vous en échange de ma vie ? C'est pour ça que vous m'avez kidnappée, non ?

L'ombre qui dérive comme un nuage noir sur son visage s'installe dans la profondeur de ses yeux ; elle le fait ressembler au diable lui-même. C'est là que j'aperçois le mal qui guette en lui. Il est même plus cruel et plus dangereux que je ne le soupçonnais. Des frissons me parcourent les bras, réveillant ma chair de poule.

Un sourire courbe lentement ses lèvres.

— À quoi penses-tu ?

Argent et territoire, comme tout le monde. C'est ce sur quoi portent toujours ces guerres. Puisque la question est rhétorique, je demeure silencieuse.

Il se penche davantage, envahissant je ne sais comment mon espace malgré la distance entre nous. Sa voix est calme, mais il y a de la violence dans le ton.

— Je veux ce qui m'appartient.

Ma bouche s'assèche. Je viens de faire l'erreur de prendre une hypothèse pour acquise, cette même erreur pour laquelle je me suis moquée de Matéo il y a quelques instants. Roman veut le diamant, la pierre qui appartenait à son père, et c'est la seule possession dont Bell Warren ne se séparera jamais.

Si c'est le cas, je suis déjà morte.

4
ROMAN

Ma captive est enfermée. Mon assistante personnelle, celle qui s'occupe de faire mes achats, a préparé la chambre en avance. Le placard est rempli de vêtements de la taille d'Evie, et ses produits de toilette de marque habituels au parfum de jasmin sont prêts dans le meuble de la salle de bain. Il y a même un panier de fruits et des bouteilles d'eau si elle a soif ou si elle a un creux. C'est plus confortable que ce que les prisonniers méritent, mais j'ai mes raisons de vouloir la garder en bonne santé.

La pièce est dépourvue d'objets tranchants comme des ciseaux ou des limes à ongles. Cependant, j'ai posté un homme devant sa porte au cas où elle déciderait de briser une fenêtre ou un miroir et de se servir des tessons comme des armes. Je ne laisserais pas passer ça. Elle est fougueuse… Les profonds sillons qu'elle a laissés sur ma joue en sont la preuve.

Après avoir demandé au garde de me prévenir si Evie essaie quoi que ce soit de stupide, je me rends dans la salle de jeux, là où je devais aller avant de décider de faire un détour pour aller rendre visite à ma prisonnière. La large pièce est emplie d'hommes ; certains boivent des bières au bar pendant que les autres jouent au billard et aux fléchettes. Matéo est déjà là. Il se glisse derrière le comptoir, verse un whisky et le place devant moi. Puisque nous sommes isolés dans notre coin, je profite de l'occasion pour régler mes comptes avec lui.

— Du beurre ? demandé-je, m'assurant qu'il perçoit mon irritation quand je prends le verre.

Il fait la moue. Il ne va pas s'en tirer aussi facilement.

— Ça t'aurait tué de lui mettre du jambon et du fromage ? Ou même simplement du beurre de cacahuète et de la confiture ?

Sa main vient frapper le comptoir.

— C'est la princesse de Warren, pas la nôtre.

— J'en suis parfaitement conscient, rétorqué-je d'un ton sec.

— Alors pourquoi tu la traites comme si c'était le cas ?

Je hausse un sourcil.

— Est-ce que la kidnapper et l'enfermer équivaut à un traitement royal dans ton manuel ?

Il répond à mon sarcasme par un regard noir.

— Warren la récupérera bien assez tôt. Laisse-le s'occuper des cajoleries.

Je le regarde avec assurance tout en prenant une gorgée de mon verre.

L'air renfrogné sur son visage se lisse. Le choc agrandit son regard.

— Tu ne vas pas la rendre…

Je ne réponds pas.

Il se passe vivement les doigts dans les cheveux.

— Putain !

Puis, baissant la voix, il regarde autour de nous avant de demander :

— Tu vas la tuer ? C'est ça, ton plan ? C'est pour ça que tu ne nous en parles pas ?

Mon ton se veut sévère :

— Je ferai ce que j'ai à faire, et tu suivras les ordres aussi longtemps que je serai le chef de famille.

Il lève les mains.

— Parfait ! Si tu veux la jouer solo, fais à ta façon !

— Il ne s'agit pas de se la jouer solo, dis-je d'un ton grinçant. Tu dois me faire confiance.

— Alors quelle est la prochaine étape ?

Je lui donne la même réponse que plus tôt :

— Nous faisons patienter Warren.

Son torse se bombe tandis qu'il inspire l'air par le nez.

— Je la hais autant que toi, mais tuer une femme, ce n'est pas notre mode opératoire. Ce n'est pas nous.

Lui tapotant l'épaule, je dis :

— Parfois, mon frère, la mort est un sort plus charitable.

Il me fixe du regard alors que je marche jusqu'au

centre de la pièce et réclame l'attention de mes hommes.

Pendant les quelques prochaines minutes, je vais passer en revue les détails du nettoyage. Comme mon informateur me l'a confirmé, la police n'a pas les ressources pour explorer toute la zone de l'usine à la recherche d'empreintes ou d'ADN, mais je ne laisse jamais de traces derrière moi.

Quand je suis certain que tout a été fait à mon entière satisfaction, je retourne à mon bureau et ferme la porte pour plus d'intimité. Me frottant la nuque, je me laisse tomber sur ma chaise. Cette affaire de vengeance m'a alimenté pendant tellement de temps que je ne sais rien faire d'autre. Ma vie n'a pas d'autre but.

Rapprochant le cadre posé sur mon bureau, j'étudie la photo. Mon père a son bras autour de ma mère. Le sourire de cette dernière est insouciant, et ses cheveux sont au vent, avec la mer en toile de fond. Matéo et moi posons devant eux, tous les deux vêtus de maillots de bain. C'étaient des vacances heureuses… Je ne garde pas les photos d'après, lorsque le business a fait faillite et que ma mère a été laissée sans le sou pour se débrouiller toute seule avec deux adolescents. Ces souvenirs sont verrouillés dans mon cœur. Si je les sors, je deviendrai trop instable. J'ai besoin de garder le contrôle. Sans le contrôle, ce serait trop facile de tuer Warren, et la mort serait une fin trop clémente pour lui. Non. Je veux le détruire. Je veux qu'il perde tout ce qui compte pour lui. Je veux qu'il tombe dans la pauvreté et souffre du même sort que mon père. C'est la seule vengeance qui soit juste. Œil pour œil.

Je soupire quand la porte s'ouvre. Je voudrais tant bénéficier de quelques minutes de paix… Matéo entre avec Andrew dans son sillage. Mon cousin porte une bouteille de mon meilleur whisky, mon frère a les verres. Ils s'asseyent sur les chaises opposées à moi.

Andrew verse et pousse un verre sur le bureau.

— Un toast !

Matéo lève le sien.

— À nous !

La réussite de cette nuit mérite un toast. Après des années de planification minutieuse, je suis enfin parvenu à faire le premier pas. Les rouages sont en marche, rien ne pourra plus m'arrêter.

Je fais tinter mon verre contre les leurs et bois.

— Comment vas-tu contacter Warren ? demande Andrew.

— J'enverrai un messager.

Cependant, le jour où je le tuerai, je regarderai droit dans ses yeux cupides.

Matéo s'adosse à son siège et étend ses jambes.

— Il faut qu'on parle des détails concernant l'échange. Warren va nous la faire à l'envers.

Andrew ricane.

— Il essaiera.

— Chaque chose en son temps, dis-je avant de finir mon verre. Ne nous précipitons pas.

Matéo me scrute.

— Pourquoi remettre à plus tard ?

Comme moi, il a hâte que justice soit faite. Contrairement à moi, il manque de patience.

— Ça arrivera quand je serai prêt.

Un muscle tressaille dans la mâchoire de mon frère. Non seulement il est pressé, mais il est aussi têtu. C'est le seul trait que nous ayons en commun.

— Et ce sera quand ? demande Matéo. Pourquoi nous laisses-tu dans l'ignorance ?

Mon sourire est patient.

— Comme je l'ai dit, en temps voulu. Pour le moment, savourons notre victoire.

— Il a raison, dit Andrew, en bon médiateur comme toujours. Ne brûlons pas les étapes, c'est là que les erreurs arrivent.

Matéo saisit la bouteille avec plus de force que nécessaire et remplit nos verres. Je devrais m'arrêter au troisième whisky, mais… *c'est* la fête.

— À notre retour auprès de notre diamant ! dit Matéo, ses yeux couvant un froid brûlant.

Et nous buvons à cela.

Andrew se met debout.

— J'ai laissé les médicaments dans ta chambre. Je vais au lit.

Matéo le regarde avec un demi-sourire.

— Tu jettes l'éponge, fillette ?

Andrew rit.

— On en reparlera demain matin, quand tu te réveilleras avec une gueule de bois d'enfer.

La hâte de conclure l'affaire de Matéo doit déteindre sur moi, car une urgence inconnue envahit mon corps, mettant ma patience au défi. J'ai soudain très envie d'aller à l'étage… Trop envie. Je ne devrais pas, pas avec nos quatre whiskies dans l'estomac.

Quand mon frère se lève et prend la bouteille, je ne lui suggère pas de la finir avec des cigares comme je le devrais. Non, je fais le choix imprudent d'attendre quelques minutes avant d'aller à l'étage. L'homme devant la porte d'Evie sursaute puis se met au garde-à-vous lorsque je débarque sur le palier.

— Tu peux y aller, dis-je, le congédiant en agitant les doigts.

5

CHRISTINA

La chambre est la jumelle de celle de Roman, point de vue design. S'il y avait eu une femme dans la maison, cette chambre aurait été la sienne. Elle fait deux fois la taille de l'appartement que je loue à Linden… Bell ne paie pas beaucoup, ce n'est pas ainsi qu'il sécurise ma loyauté. La motivation qu'il propose est bien plus percutante : la vie d'Eden.

Il m'a recrutée à l'âge de quinze ans. Il y avait une grande différence d'âge entre mes parents ; mon père en avait soixante quand je suis née. Il est mort d'un AVC dix ans plus tard, peu après la naissance d'Eden. Ma mère s'est battue pour joindre les deux bouts avec la maigre pension de mon père. Quand les hommes de Bell Warren ont débarqué, frappant aux portes avec une publicité discrète imprimée sur des flyers, ma mère a sauté sur l'occasion ; ils ont organisé une rencontre. Il est venu, m'a jeté un coup d'œil et a donné à ma mère un contrat à signer. Durant cette fin d'après-midi d'été où les oiseaux se battaient pour des abricots dans l'arbre, elle a renoncé à nos vies.

Ma préparation a duré un an. J'ai été emmenée au pensionnat pour jeunes filles à la campagne. J'ai été mesurée, pesée et brossée. Mes cheveux ont été coupés et teintés. La chirurgie plastique a modifié la forme de mon nez. Les tutrices aux langues acérées armées de cannes sans pitié m'ont appris à manger, boire, marcher et parler comme une dame. Elles ne laissaient des marques sur mon corps que lorsqu'elles disaient « Tends les mains ! ». Quand je suis revenue, après Noël, mes ongles étaient si abîmés par la règle de mon éducatrice qu'ils ont poussé de travers. Bell a envoyé une femme pour m'en appliquer des faux.

Depuis, j'ai passé la plupart de mon temps dans la famille de Warren. Pendant toute ma vie d'adulte, j'ai été l'ombre de quelqu'un. Ma mère est morte l'année après mes dix-huit ans. Bell m'a laissée avoir la garde de ma sœur, pas seulement parce qu'il était gentil, mais parce qu'il pouvait se servir d'elle comme d'une arme pour me forcer à être obéissante.

À la pensée d'Eden, mon souffle se bloque. Des larmes me brûlent les yeux, mais je les réprime. Si je m'en tiens au plan, Bell la protégera, nous avons passé en revue ces détails des tas de fois : il enverra quelqu'un prendre soin d'elle et lui dire que j'avais dû partir avec Evie. Il remplira les placards de nourriture et paiera les factures. Il devait le faire… Si quelque chose arrive à Eden, il n'a plus du tout la mainmise sur moi. Ma seule consolation, c'est de savoir que tout ira bien pour elle.

Poursuivre le spectacle. Gagner du temps.

Tant que je ne vends pas la mèche, Eden et moi sommes sauves. Si je me fais tuer, je signe l'arrêt de mort de ma sœur. Bell n'honorera pas notre marché quand je ne serai plus là, je n'en doute pas, il n'est pas un homme d'honneur. Ma seule option est de jouer de façon convaincante le rôle d'Evie jusqu'à ce que Bell trouve les hommes qui veulent faire du mal à sa fille. Ce sera seulement lorsqu'il aura éliminé le risque qu'il me laissera retourner auprès de ma sœur. Puis la comédie recommencera depuis le début. Comme une ballerine en plastique dans une boîte à musique, je suis piégée dans cet horrible cercle de la vie. Chaque fibre de mon corps déteste Bell. Il est à la première place dès qu'il s'agit de ma haine, mais Roman lui donne du fil à retordre… Ils sont de la même étoffe. Roman est un tueur, il n'a pas cligné de l'œil quand il a admis avoir assassiné les hommes de Warren. La seule chose qui me garde en vie ici, c'est ma supposée valeur à ses yeux. Quand il découvrira la vérité, le jeu sera terminé. J'ai beau retourner la situation dans tous les sens dans ma tête, mon seul moyen de garder Eden en vie, c'est de continuer le petit numéro.

Poursuivre le spectacle.

La première chose que je fais est de rechercher une arme dans la chambre. Le tiroir de la table de nuit n'est pas verrouillé, mais il n'y a rien d'utile à l'intérieur.

Inspirant avec lassitude, je pars dans le dressing

pour continuer ma recherche. Après avoir inspecté les placards, je devrais me changer. Vu le regard que m'a lancé Roman, il n'a pas apprécié que je lui emprunte des vêtements. Tellement dommage… Je préférerais risquer d'agacer Roman que de faire face à son frère en ne portant rien d'autre qu'une couverture.

Je regarde bouche bée les étagères : elles sont pleines à craquer de vêtements. De vêtements de femme. De ma taille. Il y a une sélection de tenues d'hiver et d'été, des vêtements décontractés pour la plupart. Roman croit-il qu'il va me garder ici jusqu'à l'été ? Cette pensée me fait perdre l'équilibre. Que suis-je censée faire de ça ? Mettant de côté cette idée perturbante, je passe en revue chaque coin, chaque fissure, passant une bonne demi-heure à tout retourner, mais, comme dans la chambre de Roman, il n'y a rien que je puisse utiliser pour me défendre.

Je suis en train de refermer un tiroir à sous-vêtements quand un grincement se fait entendre dans la chambre. Mon pouls accélère. Je me pétrifie, oreilles dressées. Un clic retentit. Je devrais me précipiter là-bas pour évaluer le danger, mais mes pieds ne bougent pas. Quand Roman apparaît dans l'encadrement de la porte, mon rythme cardiaque passe à la vitesse supérieure. L'intensité de son regard me fait bouillonner le sang jusqu'aux oreilles. Il bloque la seule sortie avec son corps puissant. C'est dangereux de le laisser me piéger.

Me redressant de toute ma hauteur, je marche jusqu'à la porte et fais en sorte de passer à côté de lui. Il claque sa paume de l'autre côté de l'encadrement. Je recule d'un pas et déglutis. Il entre. Je bats en retraite. Nous continuons cette danse entre un prédateur et sa proie jusqu'à ce que je sois en manque d'espace et que mon dos heurte le mur. Il s'arrête contre moi, posant les mains de chaque côté de mon visage.

Son regard perce le mien, tandis qu'il fait remarquer avec une colère mal contenue :

— Tu portes toujours mes vêtements.

Un soupçon d'alcool est porté par son souffle. Il a bu.

Je ne lui montre pas ma peur. Je carre les épaules.

— Si vous m'accordez de l'espace, je changerai ça. En réalité, j'étais sur le point de le faire avant que vous ne débouliez ici.

— Le problème n'est pas que tu les portes, murmure-t-il. C'est que je ne veux pas que tu les retires.

Cette déclaration m'abasourdit.

Son rire est rauque.

— Rectification : je ne veux pas que tu les retires, *pour l'instant*.

Davantage de peur se déploie dans mon ventre, mais sa déclaration peu scrupuleuse et sans remords allume également un peu de pouvoir.

Il me veut.

L'alcool le rend honnête.

J'ai vu sa réaction, plus tôt, lorsque j'étais nue. Il était excité. Je ne suis pas assez stupide pour croire qu'il me veut pour mon corps ; c'est le pouvoir qui alimente les hommes comme lui, et il a totalement le pouvoir sur moi. Cependant, pour lui, je ne suis pas Christina, je suis Evie, et Evie est déjà promise à un autre. Il n'osera pas la toucher, pas s'il veut que Bell lui donne le diamant.

D'un rapide mouvement de la main, il me prouve que j'ai tort en me prenant par les cheveux. Sa poigne lorsqu'il referme les doigts est douce. D'instinct, je sais que nous sommes en équilibre entre le contrôle et la violence.

Il approche ses lèvres de mon oreille et dit d'une voix basse :

— Je vais te baiser, Evie.

Je me refroidis. Ce n'est pas ce à quoi je m'attendais… Posant fermement les mains sur son torse, j'essaie de le repousser. Il ne bouge pas.

— Je m'assure juste qu'il n'y ait pas de malentendu quant à mes intentions.

— Vous pouvez essayer, rétorqué-je, les dents serrées.

Son rire doux est un défi moqueur.

— Je serai en toi avant que la semaine ne soit terminée.

— Pourquoi attendre ? demandé-je, ripostant avec sarcasme.

— Ta blessure n'est pas encore guérie.

Mon sourire est faible.

— Comme c'est aimable…

Il se penche.

— Je te donne le temps de te faire à l'idée. Je suis un gentleman comme ça.

Mon regard est attiré par les blessures que je lui ai infligées à la joue.

— Vous devrez l'obtenir par la force. Je ne vous céderai rien.

Un muscle tressaille au niveau de son œil.

— Attention, ma douce. Ne prononce pas des mots que tu devras ravaler plus tard.

L'indignation creuse son trou dans mon ventre.

— Jamais.

— Tu as raison. Je ne force jamais.

Posant la main sur ma hanche non blessée, il me caresse la taille du pouce.

— Tu vas me donner ta jolie petite chatte vierge de ton plein gré.

Je repousse sa main.

— Qu'est-ce qui vous fait croire que je vais faire ça ?

Il bouge vite, m'attrape le poignet.

— Parce que plus tôt tu me baiseras, plus tôt tu rentreras chez toi.

Son intention me frappe comme un poing me couperait le souffle. Pendant un moment, je ne peux respirer. Il veut me ruiner… ruiner Evie. Il veut lui prendre sa vertu et la renvoyer à son père et à son fiancé comme un bien endommagé. Cela réduirait à néant les chances d'Evie de se marier avec Nathan. Si Evie était compromise, Nathan n'aurait pas à honorer sa promesse. S'il ne l'épousait pas, Bell perdrait l'alliance solide qu'il espère avec la famille Stone. Evie n'aura plus de valeur pour Bell, il ne sera plus en mesure de l'utiliser comme monnaie pour s'acheter le pouvoir. Même si ce ne serait pas la faute d'Evie, la tache sur le nom de sa famille serait indélébile. C'est comme ça que ça marche dans ce genre de familles. C'est un moyen très efficace de ruiner la vie d'un tas de gens. Pour Roman, la vengeance doit être plus importante que la possibilité de récupérer ce diamant.

La victoire surgit dans ses yeux alors qu'il étudie mon visage. Il doit voir le choc dans mes traits, et même pire, la défaite. Cette façon ignoble qu'ont les hommes comme lui de se servir des femmes comme moi me fait exploser. Des années de colère réprimée jaillissent à la surface, bouillonnent de haine. Il me serre toujours le bras, ses doigts recourbés en un étau de fer autour de mon poignet pour me démontrer toute l'ampleur de mon impuissance. La seule arme dont je dispose est ma langue.

À l'intérieur, je tremble, mais ma voix est stable tandis que je lève le menton et déclare :

— Qui a dit que ma chatte était vierge ?

Le regard de triomphe s'efface de son visage.

— Warren a signé un contrat.

— Il a triché.

Ses narines se dilatent.

— Tu mens.

Oui… et non. Evie est vierge, Bell protège sa chasteté. Moi, d'un autre côté, je ne le suis pas, et si Roman suit son plan, il saura la vérité. Je n'ai pas d'autre choix que de lui donner cette part de moi, une part que je n'ai donnée à personne. Cela ne me fait que le détester davantage.

— Tu mens, répète-t-il en me secouant.

— Ah oui ? dis-je en riant. Je suppose que vous le découvrirez bientôt.

Ma victoire est de courte durée. Me saisissant l'autre bras, il les positionne tous les deux avec force derrière mon dos et prend mes poignets dans une seule grande main.

Son ton est glacial, chaque mot est mesuré.

— Qui est-il ?

Ma bouche est fermement close, et je détourne le visage. Ça, je ne lui donnerai jamais.

— Putain.

Il tape du poing contre le mur, me faisant sursauter.

— Putain !

Il n'est plus le criminel détendu et calme qui m'a kidnappée. L'alcool ne lui a pas seulement délié la langue, mais il a aussi relâché le monstre tapi dans l'homme. Je suis habituée à la violence, mais lui se trouve à un autre niveau. Les règles et le chantage ne sont rien comparés à ses poings et à sa cruauté.

Quand il étale ses doigts sur mon menton et m'oblige à lui faire face, mon dos devient rigide. Il peut planter son poing dans mon visage ou mon ventre au lieu du mur, mais je ne lui donnerai toujours pas son nom. Il en a déjà assez pris.

Sa mâchoire se crispe.

— Tu as joui avec lui ?

Je veux regarder ailleurs, mais il resserre sa prise.

Ses lèvres sont serrées.

— Evie ?

Putain, ça s'annonce tellement mal…

Il me secoue une nouvelle fois.

— Réponds-moi ou je te jure que je vais t'y obliger.

Je veux mentir, mais je ne peux pas, pas sur ça. Je réponds comme si je mordais.

— Non.

Sa mâchoire se détend même si son regard se durcit. J'ai le souffle coupé quand il sépare mes cuisses avec son genou et chasse mes pieds avec le sien.

Abandonnant mon visage, il pose sa main sur mon sexe.

— Avec moi, tu vas le faire.

Je me mets sur la pointe des pieds pour échapper à son contact, mais sa paume part à ma poursuite pendant qu'il me maintient immobile, mes bras derrière le dos. Légèrement, il passe son pouce sur mon clitoris. Le tissu du pantalon de survêtement forme une fine barrière. La caresse douce sur un endroit si intime me secoue. L'étincelle qui prend feu sous ma peau me surprend, et la chaleur qui s'étend dans mon bas-ventre encore plus.

Il étudie mon visage, voyant ce qu'il provoque quand mon simulacre tombe. J'essaie de garder en place le masque, mais c'est impossible alors qu'il me désarme en me rendant vulnérable. C'est ma faiblesse… Je n'ai pas été sous son toit plus d'une nuit, et il découvre déjà mon secret. Que restera-t-il de moi s'il me garde jusqu'à l'été ?

Il dessine des cercles sur mon clitoris du bout du pouce avant de caresser mon ouverture. La sensation m'est étrangère… je frissonne.

La satisfaction s'infiltre dans ses yeux.

— C'est bon, n'est-ce pas ?

Je ne devrais pas. Je ne le veux pas. Sa douceur me tue. Elle ne laisse pas de marque sur ma peau, mais elle me punit profondément, là où ça a son importance. J'essaie de me libérer les poignets, mais il me tient aisément tout en caressant le contour de mes lèvres. L'anticipation qui s'installe en bas de mon corps ne m'est pas familière. Tout comme l'essoufflement soudain qui empêche l'air d'accéder à mes poumons. Mes lèvres s'ouvrent quand il presse le talon de sa main contre mon clitoris, mais je ravale mes gémissements. Mes genoux cèdent. Ce n'est pas que j'abandonne… C'est pire quand on lutte, c'est tout.

— Jouis, dit-il, son regard me brûlant le visage.

La détermination est gravée sur ses traits.

J'ignore si c'est la façon dont il me regarde ou le frottement incessant de sa main entre mes jambes, mais avec lui, c'est différent. Mon ventre comme mon sexe se serrent. Le plaisir me parcourt comme des étincelles d'électricité sous ma peau. Comme il l'a ordonné, j'atteins l'orgasme. Pendant un temps, je ne suis plus là. Je ne suis nulle part. Pendant le plus merveilleux des moments, je ne suis pas confinée dans une pièce ni sous la volonté d'un homme.

Je suis libre.

Puis il s'éloigne…

Et le froid m'enveloppe.

Sans le soutien de sa main entre mes cuisses, je m'affaisse contre le mur.

Il se penche plus près et inspire profondément.

— Je peux sentir à quel point tu mouilles. Comme une gourmande petite putain.

Je suis bien des choses, mais je ne suis pas ça. La colère qu'il a suscitée un court instant auparavant n'est rien comparée à la furie qui me trouble la vue en ce moment même. Reculant la tête, je lui crache au visage.

Il s'immobilise.

Je reconnais le danger et la cruauté qui se reflètent dans ses yeux brun-roux, pourtant, il ne fait rien de plus que tressaillir. Au lieu de se déchaîner contre moi comme je m'y attendais, il enclenche son contrôle. La retenue calculée qu'il avait avant qu'il ne me cherche avec son haleine alcoolisée est de retour.

Essuyant la salive de sa joue du dos de la main, il me libère les poignets et dit, avec un sourire détendu :

— Va au lit. Demain va être une longue journée.

Ne me jetant pas d'autre regard, il sort de la pièce. Le claquement de porte suit deux secondes plus tard.

Secouée par la colère et le contrecoup de ma libération, je laisse le mur supporter mon poids. La vérité n'a jamais été facile pour moi, j'ai toujours lutté pour me regarder dans le miroir.

Je me fiche pas mal qu'il pense que je suis une putain. Ce qui me met vraiment en colère, c'est qu'il m'a pris mon premier orgasme pour le transformer en arme.

6

ROMAN

Ça va trop vite. À quoi je pensais, bon sang ?!

Me passant les doigts dans les cheveux, je vais dans ma chambre.

Je voulais la souiller, mais elle l'est déjà.

Ce n'est pas ça qui me bouffe ; c'est le besoin de tuer cet enfoiré qui lui a pris sa virginité. Elle aurait dû être à moi ! Ça a toujours été mon rôle de la lui voler ! Bien sûr, je n'ai pas confié ce détail particulier de mon plan à Matéo ou à Andrew… Je ne suis pas certain qu'ils auraient été d'accord avec l'enlèvement s'ils l'avaient su.

Je ferme la porte d'un coup de pied.

Warren le sait, quel enfoiré. Il le sait, et il a promis une vierge à Stone. Menteur et sac à merde, ça ne me surprend pas. Quelle excuse allait-il inventer ? Qu'Evie avait rompu son hymen en faisant du cheval ?

Peu importe… Ce qui compte, c'est le résultat final.

Les pansements et autres fournitures médicales qu'Andrew a rapportés sont sur la table de toilette. Je devrais donner à Evie cette dose d'antibiotiques, mais je suis trop énervé pour l'avoir en face de moi. J'ai besoin de temps pour me calmer. Ce que je devrais faire, c'est rattraper un peu de sommeil. J'ai besoin d'avoir les idées claires, demain. Même si la frustration due au fait de rester cloîtré ne me laissera pas tranquille.

Après avoir retiré du lit les couvertures tachées de sang et de terre et l'avoir refait avec du linge propre, je suis toujours agité. Échangeant mon jean et mon pull contre des vêtements de sport, je vais faire de la gym dans la maison d'été et punis mon corps pendant l'heure qui suit avec une séance d'entraînement éprouvante.

Lorsque la sueur tache mon tee-shirt, je m'arrête. Je prends une douche rapide dans la salle de bain attenante et me vêts d'un haut propre et d'un pantalon de jogging. Je garde ici quelques habits de rechange ; ainsi, je n'ai pas à marcher nu jusqu'à la maison après ma douche. Je ne m'encombre pas d'une veste, je retourne directement à la maison. C'est une courte distance, assez courte pour ressentir à peine le froid.

Sur le chemin menant à ma chambre, je m'arrête devant la porte d'Evie. Elle est dangereuse, cette femme délicate. Comme un putain d'aimant.

En dépit de tout bon sens, j'ouvre la porte. Elle est assise sur le lit, fixant la fenêtre. Elle est habillée de l'une des tenues que j'ai achetées pour elle, un pantalon de yoga et un tee-shirt. Je pensais ce que j'ai dit… J'aime l'allure que lui donnent mes habits. Dévêtue, je l'apprécie encore plus.

Ses pieds sont nus, ses plantes sont méchamment entaillées. Si je les panse, elle pourra être en mesure de porter des chaussures confortables, comme des baskets. Ses talons devront attendre un moment.

Je m'approche. Elle ne se retourne pas, mais son dos se raidit.

Prenant la télécommande sur la table de nuit, je lui montre la touche sur laquelle j'appuie.

— Le soleil te réveillera tôt si tu ne fermes pas les volets.

Elle ne réagit pas.

— La nourriture et les boissons sont gratuites, continué-je.

Cela attire son attention. Elle me lance un regard de tueuse.

Je lui fais un grand sourire. Je lui enseigne le fonctionnement de ses boutons et comment appuyer dessus.

— Tout comme l'accès à la maison et au jardin. Tu peux te déplacer librement, mais ne teste pas mes limites. Tu verras que je n'en ai pas.

Ce n'était pas le plan… Il est plus sage de la garder sous les verrous pendant un temps. Peut-être est-ce ma culpabilité qui s'exprime… La traiter de putain était une erreur, ma mère ne m'a pas élevé comme un sexiste. Evie suscite des réactions chez moi que même Matéo, à son niveau le plus irritant, ne provoque pas.

Retournant vers ma chambre, je lui dis :

— Viens.

Je ne vérifie pas si elle me suit ; la désobéissance a un prix. C'est une leçon qu'il ne me dérange pas d'enseigner. Ses pieds nus claquent contre le carrelage derrière moi.

De retour dans mon propre domaine, je prends une chaise de la table basse et étends les jambes. Désignant l'espace vide entre celles-ci, je lui dis :

— Ici.

Elle s'arrête au pied du lit.

— Pourquoi ?

— Pas de questions, Evie.

Elle contracte la mâchoire mais franchit la distance et s'arrête entre mes jambes.

— C'est mieux, chantonné-je, sachant que j'appuierais sur un autre bouton.

À point nommé, un feu vert s'enflamme dans ses yeux.

Agrippant l'élastique de son pantalon de yoga, je l'abaisse avec précaution sur sa hanche blessée. Elle m'attrape le poignet, mais je donne un léger coup pour chasser sa main. Elle ne proteste pas davantage tandis que je passe de la pommade sur la blessure avant d'appliquer un pansement sur les points. Quand je remplis une aiguille hypodermique de la fiole, son regard est brûlant.

— Tétanos, dis-je.

Je déchire le paquet de lingettes désinfectantes avec les dents et en fais glisser une sur le deltoïde du haut de son bras. J'essaie d'être doux, mais elle tressaille quand j'insère l'aiguille. Une fois cela fait, je presse un bout de coton sur l'endroit où j'ai piqué sa peau et lui demande de tenir pendant que je prends un pansement adhésif que je viens coller par-dessus. Puis j'ouvre la boîte d'antibiotiques, sors deux pilules et les lui tends avec une bouteille d'eau.

Avec obéissance, elle les avale, sans prononcer un seul mot.

Je la renvoie avec une tape sur les fesses.

— Retourne au lit.

Je me ravise et lui saisis le poignet.

— Mon lit, précisé-je.

Ses joues perdent de leur couleur.

— Pourquoi ?

— Je t'ai dit que je ne te prendrais rien que tu n'offrirais pas de ton plein gré, expliqué-je en haussant les épaules comme si ce n'était pas important. Rentrer rapidement chez toi dépend de toi.

— Je ne vais pas coucher avec vous.

— Si. Pose tes fesses sur mon lit.

Elle marche jusqu'au lit, obstinée. J'y vais à mon tour, m'arrête tout près d'elle, mais elle ne s'assied pas. Je donne une légère poussée à son épaule. Quand ses genoux plient et qu'elle se laisse tomber sur le bord du lit, je lui ordonne de rester là.

Je prends la pommade et les pansements et m'occupe de ses pieds. Cette tâche effectuée, je me lave les mains dans la salle de bain et retire mon tee-shirt. Pour son bien, je garde mon pantalon.

Elle se trouve sous les couvertures, les yeux fermés, quand je retourne dans la chambre. Sachant que c'est une erreur, je me mets au lit, à côté d'elle, et éteins la lumière.

— Vous savez que je vais vous tuer quand vous serez endormi, dit-elle dans le noir.

Un sourire fracture mon visage.

— Tu es marrante. J'aime quand une femme sait me faire rire.

Elle pousse comme un grognement.

Je contre-attaque, m'appuyant sur le coude et enroulant mes doigts autour de sa gorge. Elle pousse un hurlement.

— Essaie, et tu verras ce qui arrive. J'ai le sommeil léger, ma douce.

Quand je retire la main, elle demeure raide de son côté.

Je ne mentais pas ; je ne dors toujours que d'un œil. Il y a des fois où je jure être en permanence fatigué. Je ne peux me reposer, pas tant que ce truc avec Warren n'est pas résolu.

Il est près de minuit, mais je ne me calme pas. Elle non plus. Elle ne remue pas, ne se tourne pas, mais sa respiration refuse de s'apaiser. Il est presque 4 h quand elle se lève et se glisse hors de ma chambre. Je la laisse faire. C'est le seul moyen pour que nous puissions faire une petite sieste.

Je finis par tomber dans un sommeil semi-conscient

qui permet à mon corps de se reposer. À 6 h, je suis debout.

Après une rapide douche, j'enfile un jean et un pull. Quand je sors de ma chambre, Evie se tient dans les escaliers, vêtue d'un tee-shirt et d'un legging. Pas de chaussettes ni de chaussures. Elle étudie le portrait de famille sur le mur.

Mes poils se dressent ; elle n'a pas le droit de regarder les souvenirs de ma famille !

Je descends à son niveau. Le tapis long étouffe mes pas, mais elle se retourne quand je m'arrête derrière elle.

— Étaient-ils heureux ? demande-t-elle. Les membres de ta famille ?

— Ma famille ne te regarde pas, dis-je d'un ton hostile.

Elle hoche la tête, acceptant avec un calme surprenant la gifle verbale que je lui claque au visage.

— Quel âge aviez-vous quand il est mort ?

Est-elle tout simplement cinglée de me demander ça ?! Comment ose-t-elle me balancer cette question alors que son père est la raison pour laquelle le mien est mort ? Ne sait-elle pas à quel point j'ai envie de lui écraser la trachée ? Mais non… Comment pourrait-elle savoir ? Mon père est mort il y a dix-huit ans, j'en avais quinze, elle sans doute six. C'était une enfant. Innocente. Je le réalise… Cependant, le sang de Warren coule dans ses veines. Je la déteste pour ça autant que je déteste mon corps de réagir pour elle, peu importe si ça rend ma tâche autoproclamée de coucher avec elle plus facile. L'injustice ne me passe pas au-dessus, mais depuis quand nos vies sont-elles devenues justes ?

Je n'ai pas l'excuse de l'esprit brouillé par l'alcool comme la nuit dernière. Je dois m'éloigner d'elle avant de faire quelque chose que je regretterai, comme écraser son corps contre le mur et la faire jouir de nouveau avec ma main. Le souvenir d'elle, trop douce et chaude contre ma paume, est encore trop frais.

Je suis sur le point de faire demi-tour quand elle dit :

— Il ne vous donnera pas ce diamant.

— Ah oui ?

L'animosité et la curiosité resserrent les muscles autour de mes yeux.

— Pourquoi pas ? demandé-je.

— Tous les pères n'aiment pas leurs filles à ce point, répond-elle d'un ton indifférent.

Je marque une pause, pas tant à cause de la déclaration en elle-même qu'à cause du manque d'émotion avec lequel elle a été prononcée. L'indifférence masque les haines les plus profondes.

— S'il ne le fait pas, vous allez me tuer ? demande-t-elle, soutenant mon regard tout en attendant courageusement mon verdict.

— Non, dis-je lentement, comme si je n'avais pas déjà pris ma décision dès le départ.

La méfiance miroite dans ses yeux. Répétant ma question, elle demande :

— Pourquoi pas ?

Incapable de garder les mains inertes, je les pose sur

sa mâchoire. En contraste avec la douceur de mes gestes, mes mots sont mesurés :

— Parce que tu as tort. Il me le donnera.

Mon ton la fait grimacer.

— Qu'est-ce qui vous rend si sûr de vous ?

Je lui offre un sourire glacial.

— Je ne lui donnerai pas le choix.

7

CHRISTINA

C'est les yeux dénués d'émotion que Roman délivre sa réponse vague. Me laissant dans les escaliers, il s'en va. La brûlure de ses doigts s'attarde sur ma peau ; pourtant, là où le toucher me pénètre plus profondément, il me glace à l'intérieur. Il m'effraie si facilement… Je dois faire attention à mon cœur quand je suis près de lui. Il sait comment percer mes défenses. Il me lit avec une perspicacité redoutable.

Je ne lui donnerai pas le choix.

Qu'est-ce que cela veut dire ? Quels sont les plans de Roman ? Il veut coucher avec Evie pour abattre la honte sur sa famille et elle. Avoir sa fille déflorée par votre ennemi est une humiliation terrible… Les dégâts seraient irréparables. Personne ne voudra épouser Evie si la vérité éclate, et Roman s'en assurera. Puis il la renverra comme un déchet abandonné en échange du diamant de son défunt père. Bell ne vendra pas ce diamant contre ma vie. Je ne crois même pas qu'il le vendrait contre celle d'Evie si elle avait été souillée. Pourtant, Roman paraissait certain que Bell céderait à sa demande. À quoi joue-t-il ?

Je ne suis pas totalement insensible à la cause de Roman… J'ai vu la douleur dans ses yeux quand il a regardé le portrait de sa famille. Je suis bien placée pour savoir comment opère Bell ; il n'a pas obtenu ce diamant de façon juste et réglo. Le personnel au sein de la maisonnée de Bell bavarde… Il a accordé un prêt à Daniel Malan avec un taux d'intérêt incroyablement élevé, sachant que Daniel ne serait jamais en mesure de rembourser. Il l'a fait car il avait les yeux rivés sur le diamant, tout du long. Il valait bien plus que l'argent que possédait Daniel. Bell n'a rien fait de moins que le voler, tout comme il a volé ma vie. C'est ironique que je ne puisse pas confesser à quel point je hais Bell. Tout le reste mis de côté, Roman et moi sommes dans la même équipe. Excepté pour le fait qu'il me tuerait s'il découvrait que je ne suis pas qui je prétends être.

Me détournant des visages souriants des gens du portrait, je tire avantage de la latitude que Roman m'a accordée en me familiarisant avec la maison. J'ai appris à ne pas gâcher la liberté, car on ne sait jamais combien de temps ça durera. Mes pieds me font encore mal tandis que je descends les escaliers, mais les pansements sont d'une grande aide. Après ma douche de ce matin, j'ai appliqué de la pommade et des pansements. Je ne peux me permettre de laisser mes blessures s'infecter. J'ai besoin de ma santé pour combattre, pour jouer mon rôle jusqu'à ce que Bell me fasse sortir.

En bas de l'escalier, je traverse un vestibule. Un salon spacieux sur la gauche est décoré de façon similaire aux chambres, avec des canapés blancs où sont dispersés des oreillers noirs. Les grandes fenêtres offrent une magnifique vue sur la ville. Dans la lumière du jour, je peux distinguer les pitons rocheux qui sont les marques de fabrique de Roodepoort. À en juger par les grandes maisons au-dessous, le voisinage est prospère. Nous nous trouvons à Florida Hills… J'aurais dû m'en douter. Roman Malan règne sur les banlieues de l'ouest et les villes autour de Johannesbourg. L'empire de Bell concerne l'est.

De grands murs avec des barbelés sur le dessus protègent les côtés de la propriété. La pelouse de devant va jusqu'au bord de la falaise, le dénivelé est abrupt. C'est là que les murs de la propriété s'arrêtent. À la bordure du jardin s'alignent des citronniers emplis de gros fruits jaunes. Quelques gardes tiennent le périmètre ; lorsque l'un d'eux lève son visage vers la fenêtre, je me détourne.

Sans croiser personne, je retourne au vestibule et entre dans une salle à manger à l'opposé. Tout comme au salon, le panorama est magnifique. La maison a été conçue pour que ces deux pièces ainsi que les chambres principales à l'étage puissent bénéficier de la vue.

Descendant le couloir, je passe la tête par quelques portes sur mon chemin. À côté de la salle à manger se trouve une énorme salle de jeux avec une table de billard et un écran plat géant sur le mur. La porte sur la droite est fermée ; je la tente, c'est verrouillé. La destination que je souhaite atteindre est la cuisine. J'ai mangé le fruit qu'on avait laissé dans ma chambre, mais je suis malgré tout étourdie par la faim. Mon régime est strict : pour que mon poids corresponde à celui d'Evie, je ne suis jamais autorisée à consommer plus de calories que nécessaire. J'ai toujours un peu faim à la fin de mes repas. Je n'ai pas de surplus d'énergie pour alimenter mon corps lorsque j'en manque un.

Les odeurs du café fraîchement préparé, du bacon et des œufs provenant de l'arrière de la maison font gargouiller mon estomac. Au bout du couloir, je trouve ce que je cherchais, mais la cuisine n'est pas déserte ; Roman, Matéo et un homme aux cheveux roux et aux taches de rousseur sont assis à un bar, des mugs à la main. Des assiettes remplies d'œufs brouillés et de bacon sont posées devant eux. Leur conversation devient silence quand je m'arrête au chambranle de la porte. Roman s'immobilise, son mug figé devant sa bouche. Matéo rétrécit son regard tandis que l'autre homme s'éclaircit la gorge.

— Je reviendrai plus tard, dis-je d'un ton embarrassé.

Le « non » sévère de Roman m'arrête quand je me tourne. Je lui fais lentement face, l'appréhension me nouant l'estomac. Je sais reconnaître quand je ne suis pas la bienvenue…

— Assieds-toi, dit-il, se levant pour tirer une chaise à mon intention.

Je prends le siège à son opposé.

— Des œufs ? demande-t-il.

Il déplace un plateau chaud sur le comptoir.

— Du bacon ? ajoute-t-il en jetant un œil en direction de Matéo. C'est mon frère qui a cuisiné.

Un muscle joue sur la mâchoire de Matéo. Je me relève.

— Je peux voir ça…

— Je t'ai dit de t'asseoir, dit Roman, prenant une assiette et servant une grosse portion d'œufs.

Je reprends mon siège, avec réticence. La quantité qu'il empile sur l'assiette me met l'eau à la bouche. Quand il prend une tranche de kiwi, je dis rapidement :

— Non.

Il fronce les sourcils.

— Tu aimes le kiwi.

Evie, oui. *Je* suis allergique. Une minute… Il connaît les goûts d'Evie ? Il a dû faire des recherches… Je réfléchis à grande vitesse.

— J'ai mangé tous les fruits dans la chambre. Ça fait plus qu'assez de fibres pour une journée.

Il abaisse la grande cuillère et m'apporte l'assiette. Je fixe la montagne de nourriture. Mon petit déjeuner habituel consiste en une moitié de pamplemousse et un petit verre de lait.

L'homme aux cheveux roux pousse un panier de

toasts vers moi. Je lève les yeux et le remercie d'un sourire timide.

— C'est mon cousin, Andrew, dit Roman en me tendant un couteau et une fourchette. Café ?

— Euh… oui. S'il vous plaît.

Après avoir rempli un autre mug, Roman ajoute une cuillère de sucre et du lait. C'est comme ça qu'Evie boit son café.

— Merci, lui dis-je, détournant le regard.

Il prend place face à moi et continue de manger son petit déjeuner.

Le silence s'étire. Ce n'est pas un silence agréable, et je ne veux pas jeter d'huile sur une situation inflammable, mais j'ai besoin de savoir…

— Où sont les hommes ?

Roman prend une gorgée de son café avant de me répondre.

— En cellule.

— Vous avez une cellule ? demandé-je, sentant mon estomac se retourner. Ici ?

— Trois, en vérité, répond-il. Au sous-sol. Tu verras ces hommes bien assez tôt.

Bien que je n'aie aucun désir de visiter cette prison, cette promesse m'apaise, d'une certaine façon. Au moins, je serai capable de voir par moi-même qu'ils vont bien. Je me sens coupable d'être assise ici, dans une cuisine chaleureuse, à prendre le petit déjeuner pendant qu'ils sont sous les verrous dans le sous-sol de Roman.

— Je peux leur apporter à manger ? demandé-je.

Roman pose sa serviette sur le côté.

— Ne perds pas ton temps à t'inquiéter pour eux, dit-il avec un sourire en coin. On les nourrit.

Approchant son mug de ses lèvres, Matéo dit :

— Tu n'as pas envie de descendre là-bas.

Je regarde Roman, c'est lui le boss.

Il me fait un sourire qui m'indique qu'il sait que je force ma chance et brise mes espoirs quand il conclut l'affaire en répétant les mots de son frère d'un ton monotone.

— Tu ne veux pas descendre là-bas.

— De toute manière, la porte est verrouillée, dit Andrew, sans méchanceté. Et il y a des caméras.

Généreux de sa part de me prévenir.

Roman se met debout.

— Nous avons à faire. Sers-toi à manger. Nous ne serons pas de retour avant le dîner.

Quand il passe à côté de moi, il pose ses lèvres contre mon oreille et murmure :

— Ne tente rien de stupide qui m'obligerait à te punir.

Effleurant mon oreille d'un baiser, il prend congé.

Je frissonne, observant les dos de mes kidnappeurs tandis qu'ils passent la porte. Le baiser n'était pas une caresse, c'était une démonstration railleuse de son pouvoir, pour me rappeler à quel point je suis vulnérable, entièrement à sa merci. Il me nargue avec le choix qu'il m'a donné, c'est un jeu pour lui. Il est curieux de savoir combien de temps je tiendrai avant d'abandonner.

Seule, je respire plus facilement. Je termine rapidement mon petit déjeuner, finissant mon assiette jusqu'à la dernière miette. Puis je me lève de la chaise et farfouille les tiroirs jusqu'à trouver un petit couteau tranchant. Pour éviter de me couper par accident, je recouvre la lame avec quelques serviettes en papier avant de le glisser à l'élastique de mon legging. J'incline le visage vers le plafond, à la recherche de caméras. Rien en vue. Si Andrew ne bluffait pas et qu'elles sont là, elles sont bien dissimulées. Dans tous les cas, Roman ne peut pas s'attendre à ce que je n'essaie pas.

Je range la cuisine, plus par habitude que pour gagner l'approbation de tous. Une partie de mes bonnes manières tenaces vient d'une aversion profondément enfouie pour la façon dont les Warren traitent leur personnel. Ils ne ramassent jamais eux-mêmes. Il est embarrassant qu'ils laissent leur gouvernante de soixante ans leur cirer les chaussures et laver leurs sous-vêtements sales.

Après avoir nettoyé le comptoir et rempli le lave-vaisselle, j'inspecte plus minutieusement la maison. La porte du sous-sol se trouve au bout du petit couloir à côté de la cuisine. À ce propos, Andrew n'a pas menti ; non seulement une caméra visant la porte est clairement visible, mais il y a également un garde placé devant elle. Il me salue d'un hochement de tête. N'appréciant pas la façon dont son regard s'attarde sur mon corps, je me rends rapidement vers l'avant de la maison.

Roman a également laissé un homme à l'entrée

principale ; il est en train de regarder son téléphone, il m'ignore. Le reste de la maison est vide. Il n'y a pas de téléphone, nulle part. Me rendant à l'étage, je vérifie les autres chambres. J'en compte trois outre celle de Roman et celle dans laquelle il me garde. À en juger par les lits non faits et les vêtements masculins éparpillés sur le sol, deux d'entre elles sont occupées ; ce doit être là que dorment Matéo et Andrew. La dernière chambre est rangée et le lit intact.

Le mobilier minimaliste et les décorations modernes sont vraiment différents de ceux de la maison de Bell ; son hôtel particulier est bourré de meubles anciens, de luxueux tapis persans et d'énormes toiles de peinture à l'huile. Les pièces sentent toujours la naphtaline disposée par les femmes de chambre pour éviter que les poissons d'argent détruisent les tapisseries hors de prix et les rideaux en velours. La maison de Roman porte son odeur, une eau de Cologne discrète mais indéniablement masculine.

La dernière porte que je tente est complètement opposée à la chambre inutilisée. Elle donne accès à une pièce occupée par un canapé faisant face à un écran de télévision. Un fauteuil inclinable se situe à côté d'une grande lampe de bureau, dans le coin. Avec des étagères fixées au mur, c'est l'espace le plus meublé de la maison. Une cheminée autonome occupe le centre de la pièce. Du bois est empilé dans un panier posé au sol. Je mets quelques bûches dans la cheminée et me sers du petit bois pour allumer un feu. Quand les flammes montent dans les airs avec un craquement, je vais jusqu'à la baie vitrée qui donne vue sur l'arrière du jardin.

Par ce point de vue en hauteur, j'ai pleine visibilité sur les doubles barrières et les deux gardes qui fument et discutent devant elles. Bell emploie également du personnel pour patrouiller à l'entrée de la propriété. Des pensées poussent dans des parterres autour de grands jacarandas. Je tends le cou vers la droite ; l'eau d'une piscine brille d'un bleu topaze sous le soleil du matin. Des transats et un canapé avec des coussins noirs sont disposés sur la véranda d'un petit pavillon.

Je prends un coussin du canapé et le place sur le rebord de fenêtre. Avec précaution, j'extrais le couteau que j'ai dérobé dans la cuisine et le cache en dessous. Prenant la couverture en cachemire du dos du canapé, je m'installe confortablement devant la baie vitrée et m'enroule dans le tissu.

Je ne peux m'empêcher de penser à Eden. J'aimerais pouvoir l'appeler pour m'assurer qu'elle va bien. Avec le talon de mes mains, je frotte les larmes naissantes. Je ne peux me permettre d'être faible. Je dois me concentrer sur le moyen de m'échapper d'ici. Roman a-t-il déjà fait connaître ses exigences ? A-t-il dit à Bell qu'il avait sa fille ? Bell doit se tordre de rire… Je ne peux m'empêcher de ressentir un pincement au cœur de pitié pour Roman. Bell va le ridiculiser… Il ne faut jamais sous-estimer cet homme. Il est vieux et lent, son corps est en mauvaise forme, mais il a toujours un temps d'avance sur tout le monde.

Malgré mon anxiété, je finis par m'assoupir dans la

chaleur du feu. Je devais être plus tendue que je ne le pensais, car quand je me réveille, la pièce est sombre et le feu est éteint. J'ai dormi toute la journée. Ce n'est pas surprenant, étant donné que je n'ai pas fermé l'œil de la nuit précédente.

Je suis sur le point de me lever de mon nid douillet devant la baie vitrée lorsque la porte s'ouvre. La lumière s'allume. Je cligne des yeux deux fois, comprenant que Roman se tient au chambranle. Son physique est si puissant que sa seule présence est comme une menace.

— Quelle heure est-il ? demandé-je stupidement, encore désorientée par les brumes du sommeil.

Il entre dans la pièce. Sa voix est bien trop calme pour le poids de ses mots :

— L'heure de me donner une réponse.

Mes muscles se tendent. Bel et bien réveillée maintenant, je m'assieds bien droite.

— Est-ce que cela veut dire que Bell est au courant ?

Il m'étudie d'un regard bien trop observateur.

— Tu appelles toujours ton père par son nom ?

Merde ! Réfléchissant rapidement, je réponds :

— Seulement quand nous sommes seuls. Nous sommes progressistes.

Ses yeux se plissent aux coins. Il ne croit pas à ce mensonge.

— D'accord.

— L'est-il ? insisté-je, choisissant la diversion.

— Le moment où je lui dirai ne dépend que de toi.

Sous son regard insistant, je remue sur mon siège.

— De moi ? Qu'est-ce que ça veut dire ?

— Il saura quand tu m'auras dit oui.

Mon cœur cesse de battre. Dans mon dos, la fenêtre me paraît glacée. Le gel de la nuit traverse le verre et envahit la moelle de mes os.

Il patiente calmement.

Bell ignore qui m'a emmenée. Il ne peut pas en être sûr. Il ne peut échafauder un plan pour me ramener s'il ne sait pas où je me trouve. Il ne donnera pas ce diamant à Roman. Ce n'est pas comme ça que Bell me récupérera. Il tuera Roman. Il se servira plus probablement de moi comme appât.

— J'attends, me rappelle Roman.

Plus tôt j'accepterai, plus tôt je sortirai d'ici et verrai Eden.

Jouer le jeu. Gagner du temps.

Puis-je jouer ce rôle ? Ma gorge se serre quand je pense à ce qu'impliquerait ma réponse. Ma poitrine se fait lourde. L'entraînement de Bell a été minutieux ; je devrais être préparée, mais je ne le suis pas.

— Evie, dit Roman, attirant de nouveau mon regard vers sa douce voix. Je ne vais pas te faire de mal. Pas dans le lit.

Son visage flotte devant mes yeux. Je ne suis pas naïve, il veut punir Bell en passant par moi. Le sexe est une arme très efficace, Bell m'a enseigné lui-même cette leçon.

Réduisant la distance, il s'arrête devant moi. Il tend la main mais ne prend pas la mienne ; il attend de voir si je vais la prendre.

— Le choix t'appartient, Evie.

Il a tort.

Le choix ne m'a jamais appartenu.

Pas quand Bell m'a attachée sur l'établi dans le sous-sol et qu'il m'a *brisée*. Pas quand je place ma main dans celle de Roman.

8
ROMAN

Evie met sa main gracile dans la mienne. Sa peau est froide.

J'enroule mes doigts autour des siens et tends mon autre paume.

— Donne-moi le couteau.

Elle hésite.

— Si je dois le prendre moi-même, il y aura des conséquences, dis-je, formulant l'une des règles fondamentales qui s'appliqueront aussi longtemps qu'elle sera sous mon toit.

Quand elle repousse la couverture sur le côté, je l'aide à se mettre debout. Elle se libère de ma prise et retire le couteau de sous le coussin.

Son ton est résigné lorsqu'elle me dit en me le tendant :

— Andrew ne mentait pas.

— Pas au sujet des caméras.

Je m'empare du couteau et reprends sa main,

formulant une autre règle. Je ne la laisserai pas se mettre en danger.

— Dans cette maison, rien ne se passe sans que je le sache.

Je ne lui dis pas que j'ai visionné les enregistrements compulsivement toute la journée. De savoir avec quelle rapidité mon obsession pour elle s'est mise en place ne peut que l'effrayer davantage. Je me répète les paroles de Matéo. *Elle est le moyen de parvenir à nos fins*. C'est la raison de cette fixette. C'est ma volonté de renverser sa famille qui prend toute la place dans mon esprit.

— Super, marmonne-t-elle dans sa barbe.

Je laisse tomber, la traînant derrière moi dans le couloir.

— Où allons-nous ? demande-t-elle, sans parvenir à cacher une pointe de peur dans sa voix.

Conscient de ses blessures, je ralentis mon pas et maintiens de courtes foulées.

— Tu as mangé ?

Elle se tient à la balustrade de sa main libre pour garder l'équilibre, tressaillant lorsqu'elle met tout son poids sur ses pieds.

— Je me suis endormie.

— Tu n'aurais pas dû sauter le déjeuner.

Mes mots sont des reproches.

— J'étais fatiguée.

Naturellement. Je suis un homme endurci mais pas insensible. Même mon cœur ne peut pas demeurer antipathique après ce que je lui ai fait endurer.

— Je ne cuisine pas aussi bien que Matéo, mais je peux faire cuire un steak.

Elle jette un coup d'œil à la porte d'entrée quand nous traversons le vestibule.

— Pas de garde ce soir ?

Ignorant son ton mordant, je la conduis au bout du couloir, vers la cuisine.

— Je n'ai pas besoin d'eux dans la maison quand je m'y trouve.

Pour une fois, elle ne rétorque pas avec sa petite langue aiguisée.

Je la fais s'asseoir au comptoir et prends les ingrédients dans le frigo. Après avoir rincé la laitue et les tomates, je les mets devant elle avec une planche à découper et la lame la plus aiguisée du bloc à couteaux.

— Rends-toi utile, lui dis-je avec un clin d'œil.

Elle regarde le couteau. Un large sourire aux lèvres, je me tourne vers la cuisinière et allume le gaz. Je parie qu'elle s'imagine enfoncer cette lame dans mon dos ! Mais elle est trop maligne… Elle sait qu'elle n'irait pas loin. Eh non ! Elle laisserait mijoter sa haine et attendrait qu'une opportunité se présente. Bien sûr, elle n'aura pas cette chance. Je suis bien trop rigoureux.

— À part dormir, qu'as-tu fait aujourd'hui ? demandé-je tout en posant une poêle sur le feu.

— Pourquoi demander, si vous savez tout ?

Son sarcasme élargit mon sourire. Je ne plaisantais pas quand je disais qu'elle savait me faire rire. Sa bravoure est mignonne.

Lui faisant face, je croise les bras.

— Moi qui voulais juste faire la conversation…

Elle fait la moue et pose une tomate au centre de la planche à découper.

Incapable de résister, je la taquine :

— Tu ne vas pas me demander ce que j'ai fait de ma journée ?

Elle fend l'air de son couteau et décapite la tomate, heurtant le bois de la lame avec un bruit brutal, puis demande gentiment :

— Comment s'est passée votre journée ?

Je réprime un rire.

— Le business, comme toujours.

— Quel business ?

— Investissements et biens immobiliers.

Elle continue de massacrer la tomate.

— Je ne parlais pas du business légal dont vous vous servez pour blanchir votre argent. Je parlais du vrai business…

Avec un père comme le sien, elle devrait savoir.

— Pierres précieuses. Des diamants, spécifiquement.

Je prends un saladier dans le placard et le pose sur le comptoir.

Elle rapproche le récipient et y mélange la bouillie à laquelle elle a réduit la tomate.

— Diamants de sang…

— Hors conflit, en vérité. Je possède deux mines.

— À Cullinan ?

Qu'elle mentionne cet endroit raidit ma colonne vertébrale. Cela me rappelle pourquoi elle est ici.

Je m'en retourne à la cuisinière et jette les steaks dans la poêle, me servant de cet instant de silence pour me ressaisir. Mes traits sont maîtrisés quand je réponds d'un air détendu d'expert :

— À Kimberley.

— Vous allez acquérir d'autres mines ?

C'est un sujet glissant… Je lui jette un regard par-dessus mon épaule.

— Tu as fait des études d'économie… Tu espères bosser dans ce domaine ?

Elle regarde ailleurs.

Toujours contrarié par sa pique quant à Cullinan, je lui en balance une de mon cru :

— Ou est-ce que le mariage est une carrière professionnelle pour les femmes comme toi ?

C'est une princesse de la mafia, Matéo a raison. Je l'oublie trop facilement. Mais quand j'imagine Nathan lui mettre la bague au doigt, une violence inexplicable afflue dans mes veines.

Face à son silence, je me tourne, la saisissant sans que son masque soit en place. La peine se reflète dans ses yeux couleur de jade. Elle cligne des paupières pour l'en chasser, mais j'ai eu le temps de la remarquer.

Pendant un moment, l'unique son dans la cuisine est celui de la viande grésillant dans la poêle.

Soudain, il est important que je sache.

— Tu l'aimes ?

— Qui ?

Je fronce les sourcils.

— Nathan.

Elle se met à rire.

— Je ne l'ai même jamais rencontré.

Je mentirais si je disais que cette nouvelle ne me fait pas plaisir…

— Pourquoi tes parents n'ont-ils pas arrangé une rencontre ?

— Vous savez comment ça fonctionne dans notre monde. Les femmes sont des pions dans les jeux de pouvoir des hommes.

Tous les pères n'aiment pas leurs filles à ce point.

Sa déclaration me serre la poitrine. Le coup atteint sa cible. Je me sers d'elle. Cela ne me rend pas différent de Warren. Je serre les dents. Ce n'est pas le moment d'avoir une conscience.

— Et la fête ? demande-t-elle. A-t-elle eu lieu ?

Ma voix est comme saccadée.

— Ils ont annulé.

Elle hoche la tête deux fois tout en assimilant la réponse. Sentant apparemment ma mauvaise humeur, elle change de sujet.

— Et vous ? Qu'avez-vous étudié ?

— Maîtrise en gestion.

— Vous devez être doué pour ça, si vous êtes devenu milliardaire par vous-même.

Ce n'est pas un compliment. Mon regard se rétrécit.

— Il semble que ton éducation ne soit pas aussi superficielle que je l'aurais cru… Ton père t'a peut-être appris quelques trucs.

Elle abandonne le sujet, retournant à la préparation de la salade. Je retourne les steaks, observant Evie du coin de l'œil. Au moins, elle traite la laitue avec plus de clémence que les tomates.

Je n'ai pas à lui demander comment elle aime sa viande ; c'est surprenant combien on peut en apprendre sur une personne en étudiant ses habitudes d'achat et ce qu'elle commande aux restaurants. En piratant le compte en banque d'Evie, je peux dire ce qu'elle achète et où. Je peux cartographier ses mouvements avec rien d'autre que ses relevés de carte bancaire. Elle est une acheteuse assidue et une grande dépensière. Elle fera une femme très onéreuse, mais je suppose que ça fait partie des avantages, si l'amour n'est pas dans l'équation.

Je sers son steak à point et le mien saignant, en laissant deux pour Matéo et Andrew dans la poêle. Ils mangeront quand ils en auront fini avec leurs affaires, qui consistent à vérifier la surveillance autour de la maison de Warren.

— Mange, je dis, posant du sel et une vinaigrette sur le comptoir.

Elle coupe le coin de la viande et joue avec dans son assiette.

— Quel est le problème ? Le steak n'est pas à ta convenance ?

Elle repose sa fourchette.

— Quand allez-vous le faire ?

— Faire quoi ?

— Me violer.

Je serre les doigts autour de mon couteau et forme un poing. Je déteste ce putain de mot !

— Je te l'ai dit, je ne force pas.

La colère brille dans ses yeux luminescents.

— Je suppose que la pression psychologique ne compte pas.

Mon sourire est glacial.

— Tu n'as pas encore dit oui.

— Ah non ? répond-elle, les dents serrées. Je croyais que c'était ce qui était arrivé plus tôt dans la salle télé.

— Tu dois l'exprimer avec des mots, ma douce.

Fermant son clapet, elle me répond par le silence.

Je me penche davantage, posant ma main sur la sienne, à côté de son assiette, et lui dis d'un ton froid :

— Prononce le mot, et Warren aura mon message. Le temps qu'on attendra après ça pour conclure – pardonne mon jeu de mots – dépend intégralement de toi.

Elle retire vivement sa main.

Tout sourire, je m'éloigne de son espace. J'ai perdu l'appétit. Putain ! J'ai plus besoin d'alcool que de nourriture. Je recule ma chaise et me rends au casier à vin. Sélectionnant mon meilleur rouge, je débouche la bouteille et remplis deux verres. Je prends une gorgée du premier avant de poser le deuxième devant elle.

La mégère prend son verre, incline la tête en arrière et descend l'onéreux vin français d'un trait.

En ricanant, je fais le tour du comptoir et prends place sur mon siège.

— C'était un Château Lafite de 1869. Il reste moins de dix bouteilles dans le monde.

Elle s'essuie la bouche avec le dos de sa main.

— Oui.

Mon pouls s'accélère.

— Oui, quoi ?

— Oui, je le ferai, dit-elle, la voix tremblant de dégoût. Je vous laisserai m'utiliser si vous me garantissez que cela me fera sortir d'ici plus vite.

Non. Si elle a eu besoin de courage liquide pour prononcer ce mot, je n'en veux pas. Elle me le dira quand elle me suppliera à genoux. À ce moment, je la prendrai.

— Je l'ai dit, reprend-elle en levant le menton. Maintenant, tenez votre promesse et envoyez un message à Bell.

Et ça recommence, l'usage du nom de famille de son père. Il y a un truc dans sa façon de le dire qui sonne pas mal comme de la haine. De l'aversion, presque. Ou peut-être que c'est dirigé contre moi.

Les couverts s'entrechoquent quand elle tape du poing contre le comptoir.

— Faites-le.

Elle n'est pas seulement en colère, elle tremble de colère ! Tout comme moi ! Nous savons clairement comment nous énerver l'un l'autre. Je parie qu'on sera de la vraie dynamite au pieu.

Je me lève et lui réponds, moqueur :

— Tes souhaits sont des ordres.

J'ai eu ce que je voulais, ce que j'avais minutieusement prévu, pourtant ce round ne sonne pas comme une victoire. Tout ce que je ressens, c'est de la rage. De la frustration. Je me fiche qu'elle soit pieds nus, l'un d'eux encore sous pansement. Je la prends par le bras et la traîne derrière moi. Mes chaussures battent à un rythme rigoureux sur le carrelage tandis que je descends jusqu'au sous-sol.

Le garde devant la porte fait un pas sur le côté, ses yeux s'agrandissent quand il capte mon visage. Sagement, il détourne le regard. Relâchant Evie, je masque le pavé électronique sur le mur avec mon corps et tape le code.

La porte en métal s'ouvre dans un cliquetis. Un souffle d'air froid me frappe. Je porte un pull en laine et un pantalon d'hiver. Je réalise vaguement à quel point Evie aura froid, vêtue de son tee-shirt fin et de son pantalon, mais la rage qui coule en moi surpasse toute logique rationnelle. C'est ce que nous avons voulu tous les deux. C'est ce qu'elle aura.

Une odeur d'humidité et de sueur mêlées est suspendue dans les airs. Elle s'épaissit à mesure que nous descendons les escaliers. L'architecte qui a conçu la maison croyait que je construisais une cave, ma collection de vins valant une fortune ; ainsi, les barreaux et les portes devant les trois pièces en forme de dômes ont été pensés pour empêcher les voleurs d'entrer. Ce qui est pratique, c'est qu'ils peuvent aussi y retenir des prisonniers.

Je m'arrête devant la première cellule. Je baisse les yeux. Evie les regarde fixement, la bouche entrouverte, son souffle faisant des nuages de vapeur dans le froid. Des traînées humides marquent ses joues… Elle pleure. La vue de ses larmes me pince à un certain endroit de ma poitrine, et alors, le couvercle que je suis parvenu à maintenir sur ma colère explose, car ses larmes sont pour eux.

Je ne devrais pas la laisser me faire ça, pas dans l'état dans lequel je suis, mais je suis hors de contrôle et loin de m'arrêter.

C'est elle qui a réclamé.

La prenant par la nuque, je la pousse vers les barreaux. Elle trébuche, parvenant à se maintenir droite avant de tomber. Je l'oblige à leur faire face, à les voir, à admettre que tout le pouvoir est entre mes mains. Entre *mes* mains. Je suis jaloux de ses larmes. Sa compassion devrait aller à *moi*.

La forçant à regarder, je dis à travers mes lèvres serrées :

— Choisis-en un.

Elle reste si immobile qu'il n'y a plus du tout de nuage blanc devant ses lèvres.

— Choisis-en un, répété-je, la ramenant à la réalité d'une petite secousse.

La femme sous mon emprise devient hystérique. Elle n'est plus l'adversaire qui se bat avec intelligence. Elle se jette sur moi en pleurant, tapant mes côtes avec ses poings. L'attaque me prend par surprise. Je recule maladroitement d'un pas, la faisant tomber, puisque l'élan l'emporte avec moi. Elle charge sur moi, prononçant un juron qui a le pouvoir de déchirer le ciel en deux.

Ses coups de poing ne font aucun dégât, ses coups de pied non plus. Cependant, le souvenir de ce qu'elle est capable de faire avec ses ongles me brûle encore la joue. Je ne commettrai pas deux fois la même erreur. Je prends ses poignets avant qu'elle ne puisse m'atteindre les yeux d'un coup de griffes et la secoue plus fermement.

— Evie ! Qu'est-ce qui te prend ?

— Sale enfoiré ! dit-elle en se tordant sous ma poigne. Tu es un monstre ! Un menteur !

Je devrais la faire fouetter pour ça. Je devrais la fouetter moi-même, mais je suis trop furieux. Je n'ai pas les idées claires.

Des bruits de pas retentissent dans les escaliers, frappant durement le sol. Matéo apparaît au pied du porche voûté.

— C'est quoi ce bordel ? dit-il.

Je pousse Evie vers lui.

— Prends-la. Emmène-la hors de ma vue.

À la seconde où je la lâche, elle me saute dessus, griffant comme un chat. Je la saisis par la gorge, presse fort. Elle perd l'équilibre, son corps vient heurter le mur. Elle se bat comme une tigresse, ses bras s'agitant dans tous les sens sur ses flancs. Elle vise de nouveau mon visage, mais, quand je lui lâche le cou pour la faire tourner, ses ongles éraflent la pierre au lieu de ma peau. Elle les fait courir sur la surface rugueuse pour trouver de l'adhérence, essayant de se libérer de moi tandis que j'épingle sa poitrine sur le mur. Elle se fait du mal.

— Arrête ! ordonné-je, poussant un genou contre le bas de son dos pour la maintenir en place pendant que je saisis ses poignets et force ses bras à rester dans son dos. Tu vas faire sauter tes points de suture !

Elle n'arrête pas. Elle est incontrôlable.

Matéo nous regarde avec de grands yeux.

— Va chercher le tranquillisant, lui dis-je.

Cela immobilise Evie.

— Non, pitié.

Elle pose les mains à plat sur le mur à côté de son visage, essayant de se repousser.

— Ne faites pas ça !

Elle a perdu quelques ongles dans sa lutte. Des faux ongles… Ils ont dû être arrachés.

— Tu vas t'arrêter ? demandé-je, serrant les dents si fort que le son se répercute dans mon crâne.

— Ne faites pas ça, répète-t-elle. Ne faites pas ça. Ne me demandez pas de choisir.

— De quoi tu parles ?

— Ne me demandez pas de choisir. Je vais le faire, Roman. Je ferai tout ce que vous voulez.

Putain… Tenant ses poignets d'une main, je lui agrippe l'épaule, l'arrache du mur et la fais marcher jusqu'à Matéo.

— Emmène-la à l'étage.

Sa mâchoire remue de droite à gauche, il me regarde comme si j'étais celui qui venait de devenir dingue.

— Maintenant ! dis-je.

Elle recommence à lutter.

— Non, promets-moi.

Matéo tente de la retenir avec une inefficacité crasse, l'agrippant par l'arrière de son tee-shirt.

— Te promettre quoi ?

— Que tu ne le tueras pas.

— Mais de quoi tu parles, bon sang ?! demandé-je à nouveau.

L'un des hommes de Warren se met à parler :

— La dernière fois que M. Warren lui a demandé de choisir, il a tué le mec.

Et là, je comprends.

Elle s'affaisse dans les bras de Matéo.

Je me retourne pour faire face à l'homme. Il est le plus âgé du groupe et me regarde d'un air furieux.

Je l'ai parfaitement entendu, mais je lui demande :

— Tu as dit quoi ?

Il crache à travers les barreaux.

— Il lui a demandé de choisir, et puis il l'a forcée à regarder pendant qu'il le torturait à mort.

— Tais-toi ! dit Evie, les bras serrés contre son torse. Tais-toi.

Tous les pères n'aiment pas leurs filles à ce point.

Et d'un coup, comme ça, ma colère s'évapore. Ma poitrine dégonfle.

— Je ne tue personne ce soir.

Baissant la tête pour que mes yeux soient au même niveau que ceux d'Evie, j'ajoute :

— Compris ?

Matéo lâche son tee-shirt. Elle se décale sur le côté.

— Promets-le. Promets-le sur la tombe de ton père.

Je hoche la tête d'un air grave.

— Je le promets. Maintenant, va dans ta chambre, dis-je en désignant les escaliers, et attends-moi là-bas.

Elle obéit, petite forme se dirigeant vers les escaliers, de la chair de poule sur les bras.

Matéo la suit.

Je reste non loin, en retrait, la laissant prendre de l'avance pendant que je me ressaisis.

Dès que nous sommes assez loin pour ne pas craindre d'être entendus du garde, Matéo m'arrête d'une main sur mon bras.

— Explique-moi ce qu'il vient de se passer là-bas…

Je dégage mon bras.

— Tu l'as vu toi-même.

— Je ne parle pas de la partie concernant Warren qui la fait assister à ses tortures et à ses exécutions.

— De quoi, alors ? demandé-je, de nouveau irrité.

— De la partie où elle est d'accord pour que tu lui fasses tout ce que tu veux.

Je continue mon chemin.

Il m'arrête net.

— Tu la forces à coucher avec toi ?

Je ne réponds pas.

— Fils de pute ! s'exclame-t-il.

— Ce n'est pas ça…

— Ah non ? me demande-t-il avant de me scruter du regard. C'est quoi, alors ?

— Elle sera consentante.

Il pointe le sous-sol du doigt.

— Comme elle l'était là-bas ? C'est ça, ton plan ? Renvoyer de la marchandise endommagée ?

— Tu n'es pas ravi que ce plan ne la tue pas ? lui demandé-je avec un sourire glacial.

— Putain, dit-il avant de cogner le mur. Putain, Roman ! Ne dépasse pas les bornes !

— C'est trop tard. Je les ai franchies au moment où je l'ai emmenée.

La porte d'entrée s'ouvre, et Andrew entre.

— Salut ! Quoi de neuf ? demande-t-il avant de sentir l'odeur de steak puis de se frotter les mains. Je meurs de faim !

— Le dîner est dans la cuisine, dis-je, sans briser le contact visuel avec mon frère. Emporte de la nourriture au sous-sol quand tu auras fini.

Je m'éloigne et ajoute par-dessus mon épaule :

— Laisse la cuisine en bon état.

— Va te faire foutre ! s'exclame Matéo à mon intention.

Je laisse courir, je l'ai mérité.

Contrairement à Evie.

Comme elle me l'a si bien rappelé plus tôt, elle n'est qu'un pion dans ces vilains jeux que jouent les hommes entre eux.

9
CHRISTINA

Les images sont encore bien nettes dans mon esprit quand j'entre dans la chambre de Roman et m'arrête au centre de la pièce. Je ne veux pas revoir ces flash-backs si distinctement, mais me voilà de retour dans le sous-sol de la maison de Bell, et il utilise un marteau, commençant par les articulations des hommes, les doigts, les coudes, les genoux, les chevilles… puis le reste.

Une fois qu'il en a terminé, le visage de l'homme est méconnaissable, rien qu'un tas de pulpe, mais jamais je n'oublierai ses traits…

Merde…

Je ne connais même pas son nom.

Je me frotte les yeux, essayant d'effacer ces images de mon esprit. C'est mouillé… Des larmes. Cette fois, presser mes doigts contre mes paupières ne fonctionne pas, peu importe avec quelle force j'appuie. Je me trouve dans la chambre d'Evie… Nous nous préparons pour le repas de Noël qui se tiendra dans la maison de son oncle. Elle porte une robe blanche dotée de quelques détails en strass. La mienne est identique. Les vêtements dont je suis vêtue lorsque je joue son double restent dans son énorme dressing. La styliste les sort pour moi quand je dois m'habiller avant un événement. Bella a dit que je ne pouvais pas les emporter chez moi.

Cette robe est si jolie que je ne peux m'arrêter de la toucher. Je n'ai jamais rien vu de plus angélique. Evie croise mon regard dans le miroir.

— Tu aimes cette stupide robe, n'est-ce pas ?

— Elle est belle, dis-je en caressant la jupe.

— Garde-la.

Je la regarde rapidement.

— Vraiment ? Elle a l'air chère…

— Cette vieille robe ? se moque-t-elle en appliquant le mascara que la styliste lui a demandé de ne pas mettre car elle est trop jeune. Je l'ai déjà portée trois fois.

Elle fait la moue.

— Je prends des seins, ajoute-t-elle. Enfin ! Je ne rentrerai plus dedans l'année prochaine.

Alors, je garde la robe. Je la ramène à la maison avec moi. Eden s'en sert comme déguisement, ajoutant des ailes d'ange qu'elle a découpées dans du papier. Ma mère ne dit rien, évite mon regard quand elle me demande de nettoyer la table.

Le matin suivant, les gardes de Bell rassemblent les membres du personnel au sous-sol, à côté du coffre-fort. Les hommes sont au garde-à-vous, armés.

J'ai peur. J'observe leurs visages, en quête d'indices, mais ils regardent droit devant eux. Seul le Numéro Deux m'accorde un regard de compassion. Je ne suis pas autorisée à connaître leurs noms – Bell ne souhaitant pas encourager la familiarité –, alors je leur ai donné un numéro, dans ma tête. Numéro Deux est là depuis le début, c'est le plus vieux. Il se trouve toujours dans le convoi qui me conduit, et il ne rapporte pas à Bell quand je téléphone à ma sœur durant les longues heures pendant lesquelles j'attends dans la voiture que leurs fêtes se terminent. Je sais que ce qui est sur le point d'arriver s'annonce mauvais quand il durcit son expression et regarde ailleurs.

Bell entre tel un roi. La femme à côté de moi, femme de ménage, commence à pleurer. Nous restons alignés tandis que Bell nous informe que quelqu'un, dans la maison, l'a volé. Me prenant par le bras, il me tire brutalement vers l'avant. Puis il me demande de choisir. Je fixe son visage, mon cœur battant dans ma gorge.

— Je ne comprends pas, lui dis-je.

— Choisis la personne que je vais virer, ou ils dégagent tous.

Je commence à avoir froid. Me sentant nauséeuse, je tourne la tête vers les gens qui se tiennent devant nous. Ils ont des familles à nourrir ; la femme de ménage fait entrer son fils à l'université, le cuisinier prend soin de son père âgé. Sans dire un mot, ils me supplient, leurs yeux me priant de ne pas les choisir.

— Choisis, dit Bell, ses doigts s'enfonçant encore plus dans le haut de mon bras.

Je secoue la tête.

— Choisis, répète-t-il en me secouant plus fort.

— Choisis, intervient Numéro Deux d'un ton plus doux. Plus tôt tu le fais, plus vite ce sera fini.

L'un après l'autre, je regarde leur visage, ces gens qui font partie du personnel comme moi. Je ne veux pas les trahir. Je ne veux pas choisir, mais les doigts de Bell me contusionnent les muscles quand il dit :

— Qu'il en soit ainsi. Ce sera tout le monde, dans ce cas.

— Non ! m'écrié-je.

Mon regard balaie la rangée. Le jardinier est le plus vieux, il part bientôt à la retraite. Pensant que c'est le choix le plus sensé, je pointe un doigt tremblant vers lui.

Bell hoche la tête. Les gardes font sortir le personnel ; seuls Numéro deux, le jardinier, Bell et moi restons.

Et puis, Bell prend un marteau sur l'établi.

Un frisson me parcourt.

— Non…, dis-je en pressant fort les mains sur mes tempes pour m'extirper du passé. Arrête ça, A… Christina.

Putain. J'ai failli dire « Evie ». Je me suis presque appelée « Evie ».

J'inspire en tremblant.

Mais qu'est-ce qui ne va pas chez moi ?! Je n'avais pas craqué comme ça depuis *ce jour-là*. J'ai enfoui bien profondément cet épisode, n'osant jamais regarder derrière moi, dans mes souvenirs. Je pensais l'avoir banni pour de bon. J'avais tort… J'ai perdu le contrôle. Et perdre le contrôle, ça mène à faire des erreurs. Je me suis presque trahie… J'ai presque vendu la mèche.

Poursuivre le spectacle.

Est-ce que Roman va me punir ? Je suis tellement sur les nerfs que je n'arrive même pas à m'en inquiéter. Je suis sur le point de m'affaler sur la surface horizontale la plus proche quand mon kidnappeur passe la porte.

Il se dirige vers la même chaise que la nuit dernière et s'assied.

— Viens là.

Mon envie de lutter s'est refroidie, il ne m'en reste plus ce soir. Sans discuter, je m'avance.

— Montre-moi, dit-il en désignant mon flanc.

J'abaisse mon pantalon de yoga sur ma hanche.

Avec précaution, il retire le pansement.

— Tu as de la chance de ne pas avoir fait sauter tes points.

Me mordillant la lèvre, je regarde ailleurs. Je ne veux pas parler de ce qu'il s'est passé.

— Evie.

Par réflexe, je le regarde.

— Je t'ai emmenée en bas pour choisir un homme afin qu'il aille délivrer mon message.

Je hoche la tête, clignant des yeux pour faire disparaître les larmes qui les remplissent.

Sa question est calme, mais la colère fait briller les siens.

— Pourquoi ton père t'a-t-il fait regarder ?

— C'était une leçon.

Il contracte la mâchoire.

— Pour quoi ?

— Pour que je sache ce qui arrive aux voleurs.

— Je ne t'ai pas emmenée là-bas pour te donner des leçons. Tu me crois... ? dit-il, le formulant comme une question.

Ce qui est étrange, c'est que c'est le cas. Bell m'a dit de ne pas le croire. Le but de la leçon était de m'apprendre à ne faire confiance à personne. Pourtant, Roman est différent... Il tient parole. Il a dit qu'il ne tuerait aucun des hommes, et il les a épargnés. Oui, il a choisi ses mots intelligemment, y compris ce soir. Ça ne veut pas dire qu'il fera preuve de la même clémence demain, mais nous allons tous bien pour le moment, et je n'ai besoin que d'une nuit. Demain, je serai de nouveau moi-même. Je trouverai de nouveaux moyens de lutter et de nous garder en vie.

Il met de la pommade sur mes points et les recouvre d'un pansement propre.

— Tu n'auras pas à redescendre là-bas. Je choisirai un homme.

— Non, je réponds rapidement. Je ne suis pas faible.

— Non, Evie, concède-t-il avec douceur. S'il y a bien quelque chose que tu n'es pas, c'est faible.

Quelque chose cède dans ma poitrine. Mais pourquoi je me préoccupe de ce qu'il pense de moi ?

Exerçant une légère pression sur mes hanches, il lève les yeux vers moi.

— Je ne l'ai pas fait pour te traumatiser.

— Je sais.

— Il est de ton droit de décider quel homme bénéficiera de sa liberté.

— Tous, n'hésité-je pas à répondre.

— Tu sais que ça ne marche pas comme ça…, dit-il avant de laisser tomber ses mains, me libérant. Dis-moi lequel, je l'enverrai à la première lueur du jour. Autrement, je choisirai.

J'y réfléchis. Numéro Deux est le plus résistant, il ne craquera pas. Numéro Onze et Numéro Quatre ont des familles, ils n'oseraient pas cracher le morceau. C'est pour ça que Bell inclut toujours des hommes ayant des familles dans mon entourage, il sait qu'ils ont plus peur pour la vie de leurs enfants que pour la leur, ils garderont la bouche fermée. Le candidat le plus risqué est Numéro Six, il est jeune et célibataire. De tous les prisonniers, il est le plus à même de laisser mon secret s'échapper.

— Numéro Six, je réponds.

— Tu les appelles toujours par des nombres ?

Je hausse les épaules.

— Je ne suis pas autorisée à connaître leurs noms.

— Bon Dieu…, commente-t-il en se passant une main dans les cheveux. Il n'a pas le droit de te traiter comme ça.

Bell, il veut dire.

— Je ne veux pas en parler.

Il hoche la tête et demande, d'une voix douce :

— Lequel est Numéro Six ?

— Le plus jeune, avec les cheveux blonds hérissés.

— Pourquoi lui ? demande-t-il en me scrutant.

Je mens sans cligner des yeux.

— Je ne sais pas. Parce qu'il est le plus jeune ?

Ses lèvres s'étirent d'un côté.

— Je pense que tu sais pourquoi. Tu ne fais rien sans une bonne raison, n'est-ce pas, Evie ?

Je ne réponds pas. Heureusement, il n'insiste pas davantage.

— Tu as encore faim ?

Je secoue la tête.

Il se remet sur ses pieds.

— Je te ferai préparer un bol de soupe. Je crois avoir encore du minestrone au frigo.

— Je vais bien, dis-je, déformant un peu plus la vérité. Je peux le faire moi-même.

Me sous-estimant, il me prend la main.

— Tu trembles.

— C'est de colère.

— Tu as froid, dit-il en caressant de haut en bas mes bras avec ses paumes. Je monterai le chauffage.

Désignant le lit d'un signe de tête, il ordonne :

— Prends ton antibiotique et mets-toi sous les couvertures. Je vais aller chercher la soupe.

Je me recule.

— Pourquoi dois-je dormir dans ta chambre ?

Son sourire est comme tordu.

— Afin que je puisse garder un œil sur toi.

J'entends le mensonge dans ses paroles.

— Je préfère qu'on en finisse avec ça.

— Qu'on en finisse avec quoi ?

— Le sexe.

Il me regarde comme si j'étais un puzzle qu'il ne parvenait pas à résoudre.

— C'est comme ça que tu veux que ça se passe ? Après une mauvaise expérience ? Pas de fleurs, de champagne ou de bougies ?

— Je ne veux rien du tout. Qu'est-ce que j'en ai à faire, des accessoires ?

Il rit doucement.

— Voilà pourquoi ça n'arrivera pas ce soir.

Mettant une mèche de mes cheveux derrière mon oreille, il reprend :

— Ça arrivera quand tu le souhaiteras.

— Alors tu attendras longtemps.

Son sourire montre sa confiance en lui.

— On verra.

Me laissant après cette affirmation, il sort de la pièce.

Je ne veux pas agir comme une personne convalescente, mais je me sens gelée jusqu'aux os. Si Roman ne m'accorde pas le répit de dormir seule, il devra supporter le froid : je ramène toujours les couvertures de mon côté.

Après avoir avalé les pilules sans eau, je me mets au lit et repose mon dos contre la tête de lit. M'allonger me rendrait trop vulnérable, alors je remonte les couvertures jusqu'à ma poitrine, en position assise.

Un court moment plus tard, Roman revient avec un plateau et me tend un bol et une cuillère.

— Fais attention, ne va pas te brûler.

Malgré mon estomac noué, j'ai faim. Mon dernier repas fut le petit déjeuner, et j'ai gâché le steak qu'il a cuisiné. Reconnaissante de sa considération, je plonge la cuillère dans la soupe et en prends une cuillerée. Elle est délicieuse.

— Qui l'a faite ? demandé-je, curieuse.

— Matéo, répond-il avant de contourner le lit. C'est un genre d'homme d'intérieur.

Sans raison particulière, ses paroles me font sourire. Si j'ignore le fait que c'est un connard et mon geôlier, c'est quelqu'un avec qui il est facile de parler. À part Eden et Evie, il est la personne avec qui j'ai le plus conversé durant ma vie d'adulte. Les gardes et le personnel de maison de Bell n'étaient pas autorisés à me parler… Aucun d'entre eux ne le voulait, après cette journée au sous-sol.

Je frémis.

— Toujours froid ? demande Roman avant de retirer son pull, dévoilant le tee-shirt blanc qu'il porte en dessous.

Repoussant les sombres souvenirs, je l'observe.

— Pourquoi es-tu gentil avec moi ?

Il retire ses chaussures avec ses talons.

— Es-tu toujours aussi méfiante quant aux bonnes intentions des autres ?

— Quelles bonnes intentions ? demandé-je d'une voix mordante.

Sa boucle fait un bruit sec et métallique quand il retire sa ceinture.

— Nous sommes peut-être adversaires, mais tant que tu vivras dans ma maison, tu seras sous ma responsabilité.

Je lutte pour me faire à l'idée que l'homme qui me déteste – enfin, qui déteste Evie – est le même que celui qui me nourrit de soupe. Il se montre prévenant, et cela me rend confuse. Les messages qu'il envoie sont contradictoires. Mon cerveau est paralysé par ces signaux, je ne sais plus comment me comporter avec lui. Peut-être que je souffre du syndrome de Stockholm.

Mes pensées se taisent quand il attrape l'ourlet de son tee-shirt et le fait passer par-dessus sa tête. De profonds sillons dessinent ses muscles. Quelques poils sombres recouvrent son torse ; je les avais remarqués la nuit dernière, mais alors, mon observation avait été inconsciente. Ce soir, c'est différent. Je le vois, je le vois vraiment, peut-être parce qu'il m'a apporté de la soupe. Personne n'a pris soin de moi comme ça, jamais. Certainement pas ma mère, pas même quand j'étais malade.

Quand il abaisse sa fermeture Éclair et se débarrasse de son pantalon, une image mentale de la nuit dernière surgit dans mon esprit. Je m'étrangle en avalant ma soupe. Me mettant à tousser, je cache mon visage derrière une main de crainte qu'il ne voie mon embarras. Il n'est pas timide quant à sa nudité. Je suppose qu'il est inutile d'être pudique, puisqu'il a déjà décidé qu'il allait coucher avec moi.

— Tu n'es pas une prude, si ? demande-t-il, se mettant au lit vêtu uniquement de son boxer. Tu as déjà vu un homme nu, tu l'as dit toi-même.

Non. Mon manque d'expérience n'est pas quelque chose dont je suis fière. Être la doublure d'Evie m'occupe beaucoup. Non… ce n'est pas l'entière vérité. Seulement, je ne pouvais pas le tolérer. Pourtant, quand il tend le bras et m'effleure la poitrine au passage, une chaleur se répand dans mon ventre. Prenant le bol vide, il le laisse sur la table de nuit avant d'éteindre la lampe.

Je devrais me lever et me brosser les dents, mais je suis trop effrayée pour bouger et briser cette paix fragile. Vu ce que nous sommes, ça ne durera pas. Ça ne peut pas. Et pourtant, avoir quelqu'un à côté de moi, même si ce quelqu'un est mon ennemi, est une sensation chaleureuse. Agréable. On se sent en sécurité, ici, dans le noir. Cela me donne envie de choses que je n'ai pas le droit de désirer, des bras forts et un câlin réconfortant. Il ne pourra jamais y avoir d'homme pour quelqu'un comme moi. Tant qu'Evie vivra, je serai condamnée à être une ombre.

— Viens là, dit-il en ouvrant les bras.

C'est mal, à tellement de niveaux ! Mais je n'ai jamais fait quoi que ce soit pour moi. Même cette robe, celle pour laquelle le jardinier est mort, est retournée dans le placard d'Evie. Nous nous dirigeons vers un terrible destin… L'incident dans le sous-sol de Bell ne sera rien comparé à ce qui arrivera quand cette lutte prendra fin. Ma mère avait l'habitude de dire que la guerre fait de drôles de choses aux gens… Elle les fait se comporter différemment. J'en veux à la guerre tandis que j'accepte son invitation, dérobant un moment pour moi alors que je pose ma tête sur son torse et le laisse enrouler ses bras autour de moi.

— Tu as plus chaud ? demande-t-il, sa voix rauque contre mon oreille.

Je tremble de peur, pas seulement à cause de ce qui m'arrivera si Bell ne me sauve pas, mais parce que j'ai peur que Roman ait raison : je suis terrifiée que vienne le moment où je ne voudrai pas dire non. Ça n'a rien à voir avec les sentiments, c'est juste la nature humaine. Recevoir une caresse réconfortante est un besoin essentiel.

Son nez effleure mes cheveux.

— Tu ne sens pas comme quand je t'ai amenée ici.

Ce n'était que la nuit dernière, mais on dirait que c'était déjà il y a quelques semaines.

— Ah oui ?

— Tu sens la vanille.

Quand je prétends être Evie, je dois porter son parfum, mais je n'utilise pas ses produits de toilette de marques de luxe. À la maison, je me sers de mon shampoing parfumé à la vanille.

— Ça te va mieux que le jasmin, dit-il.

Je souris.

— Je m'en souviendrai.

— Tu vas dormir cette nuit ?

— J'essaierai, dis-je honnêtement.

— Tu as besoin de quelque chose pour t'aider à trouver le sommeil ?

— Je n'aime pas prendre des médicaments si ça n'est pas nécessaire.

— Si coriace, me taquine-t-il.

J'ai eu mon moment, mais c'est mieux si je ne m'habitue pas à ces instants que je n'aurai jamais.

— Je dois me brosser les dents.

— Demain, dit-il d'une voix déjà endormie.

Demain, c'est si tentant. Au moment où je succombe, mes muscles se détendent. La tension dont je n'avais pas conscience quitte mon corps. Comme il me séduit si aisément ! S'il continue de la sorte, ces choses qui ne devraient pas être à moi commenceront à me manquer. Le tribut que je paierai quand je partirai d'ici sera lourd.

Poursuivre le spectacle.

Jouer le jeu.

Ce n'est pas réel. Ce n'est qu'un rôle joué en dehors de la scène.

Son torse est chaud sous ma joue et le battement de son cœur puissant dans mon oreille. J'écoute le rythme de son pouls tandis que sa respiration se fait régulière. Incapable de m'en empêcher, j'effleure du bout des doigts les poils qui lui recouvrent le torse. C'est mal de le toucher pendant qu'il dort, mais la guerre implique bien des mauvaises choses…

Me tournant sur le dos, je me sers de son biceps comme oreiller et cligne des yeux face au plafond noir. Est-ce qu'Evie et Nathan se sont fiancés en secret ?

Pour ce que j'en sais, ils pourraient avoir avancé le mariage. Bell ne voulait pas que quoi que ce soit se mette en travers de son alliance avec les Stone. Maintenant plus que jamais, s'il doit frapper Roman, deux forces valent mieux qu'une.

10
ROMAN

Quand je me réveille, Evie est partie. Cela ne me stresse pas, elle ne peut pas quitter la propriété.

Je prends une douche et me vêts d'une chemise à col boutonné et d'un costume rayé, puisque des réunions sont prévues au bureau. Omettant la cravate, je me rends à sa chambre. J'ouvre la porte sans frapper et découvre la pièce vide. Le bruit de l'eau qui coule parvient de la porte fermée de la salle de bain.

Je la laisse à sa douche et vais dans la cuisine. Matéo et Andrew sont déjà là, tous deux portent jeans décontractés, tee-shirts et vestes en cuir. Matéo lève les yeux tout en retournant un pancake. Andrew est assis au comptoir à siroter du café. Ils m'observent tous les deux pendant que je me verse du café et prends un siège.

— Quoi ? demandé-je, approchant le mug de ma bouche.

— Comment va-t-elle ? demande Andrew avant d'ajouter, lorsqu'il me voit hausser un sourcil : Matéo m'a mis au courant.

Je tourne le regard vers mon frère.

— Alors comme ça, on bavarde ?

Matéo envoie le pancake sur le dessus de la pile disposée sur une assiette et repose brutalement la poêle sur le brûleur.

— Il devait savoir.

Je prends une gorgée du breuvage corsé.

— Tout ira bien pour elle.

Les sourcils de Matéo se froncent tandis qu'il apporte l'assiette au comptoir.

— Ce n'est pas comme ça que j'imaginais Warren traiter sa fille... Plus j'en apprends sur lui, moins j'apprécie cet enfoiré.

— Nous sommes deux dans ce cas, dis-je, pensif. Depuis qu'elle est ici, elle n'a pas mentionné ses parents une seule fois.

Andrew plante sa fourchette dans le tas de pancakes et en laisse tomber trois dans son assiette.

— Et ? Ne le prends pas mal, mais tu es certainement la dernière personne à qui elle se confierait.

— Non, dis-je lentement. Ce n'est pas ça. Dans sa situation, elle devrait s'inquiéter à leur sujet. Ils vont s'inquiéter, eux, sans savoir ce qui lui est arrivé. Bella Warren doit perdre la tête, à ignorer où se trouve sa fille. Evie m'a demandé de laisser les gardes de Warren partir. Elle s'assure que je les nourris. Et pourtant, elle n'a jamais dit un mot sur sa mère…

Matéo noie son pancake sous le sirop.

— Maintenant que je sais comment la traite Warren, je ne suis pas surpris, dit-il avec un sourire en coin. On ne dirait pas qu'ils sont proches.

— Tu crois que Nathan Stone sait qu'elle a été kidnappée ? demande Andrew. Warren a peut-être mis son fiancé dans la confidence… Je n'aime pas ce silence. Y a un truc là-dedans qui est louche.

— Il n'est pas son fiancé, dis-je un peu trop brusquement. Ils ne se sont pas fiancés.

Je m'en suis assuré.

— Et non, continué-je, Stone n'est pas au courant, sinon il aurait contre-attaqué pour venir la sauver à cette heure-ci.

Je l'ai humilié de la pire des façons possibles en lui dérobant sa promise. Aucun homme ne laisserait ça couler sans rien faire, pas si son honneur a de la valeur et qu'il veut protéger sa position dans notre hiérarchie secrète.

— Qu'en est-il du mouvement autour de la maison de Warren ? demandé-je à Matéo.

Il verse une quantité généreuse de crème dans son assiette, la mélange avec le sirop et extirpe un morceau de pancake de tout cet amas gluant.

— Rien qui sorte de l'ordinaire. Il patiente, il attend qu'on fasse le premier pas.

— Il est temps, dis-je en saisissant un pancake pour

en manger la moitié en une seule bouchée. J'envoie le message ce matin.

— Pas trop tôt, dit Matéo, la bouche pleine de nourriture.

— Amène le plus jeune des gardes, le maigre avec le tattoo sur la nuque, dicté-je à Andrew.

Repoussant sa chaise, mon cousin s'en va pour exécuter mon ordre.

Un moment plus tard, Andrew revient avec Numéro Six. Ses mains sont liées dans son dos. Evie ne l'a pas choisi sans raison… Elle sait aussi bien que moi qu'il est le plus faible des quatre hommes. Si l'un d'entre eux doit craquer, c'est lui. Elle est futée. Perspicace. Je ferais mieux de m'en souvenir.

Andrew amène l'homme devant moi. Il ne fait que trembler comme une feuille.

— Quel est ton nom ? lui demandé-je.

— Henry.

— « Monsieur », ajouté-je en finissant mon pancake.

— Monsieur, répète-t-il.

— Nom de famille ?

— Botha. Henry Botha, monsieur.

Je m'essuie les mains sur une serviette.

— C'est ton jour de chance, Botha.

Il pâlit.

— Ne t'en fais pas, je ne vais pas te tuer. Tu vas aller délivrer un message à Warren.

Ses épaules s'affaissent.

J'accroche son regard et lui dis, d'une voix sombre :

— Dis-lui que j'ai sa fille. Tu sais qui je suis ?

— Oui, monsieur. Vous êtes Roman Malan. Monsieur Roman Malan, se corrige-t-il promptement.

— C'est exact, je réponds avant de rétrécir mon regard. Dis-lui que je le contacterai. Il sait ce que je veux. S'il choisit de se montrer stupide, sa fille le paiera. Je la punirai pour chaque erreur qu'il commettra. Et après, je livrerai l'un de ses hommes dans une housse mortuaire.

Il se passe la langue sur ses lèvres gercées.

— Oui, monsieur.

— Emmène-le, dis-je à Andrew. Dépose-le à quelques blocs de la maison de Warren.

Andrew pousse Botha devant lui, nous quittant rapidement.

Matéo me lance un regard noir.

Je prépare une assiette pour Evie.

— Dis-le.

Il suit mes gestes avec un regard menaçant.

— Tu n'as pas précisé nos exigences.

— Warren saura ce que je veux.

Il contracte la mâchoire.

— S'il sait que sa fille est abîmée, il ne te donnera peut-être pas le diamant. Tu ne comptes pas le dire, n'est-ce pas ? Tu le laisseras le découvrir une fois que le marché sera conclu.

— Laisse tomber, Mat, dis-je d'une voix calme. Comme je l'ai dit, il est trop tard. Elle a été souillée au moment où je lui ai fait franchir mon seuil.

— Tu n'as pas à faire ça, dit-il, les dents serrées.

— Réfléchis-y, dis-je avant de marquer une pause pour le regarder dans les yeux. Elle vit dans ma maison, dort dans mon lit.

— Ouais, ton lit. Et c'est la faute à qui, ça, putain ?

— Que penseront les gens ? Même si je ne pose jamais un doigt sur elle, les dégâts sont faits. Sa réputation est ruinée.

Pour une raison que j'ignore, je ne lui dis pas qu'elle n'est plus vierge. Une partie de moi a besoin de protéger son honneur, même si c'est tordu de la part d'un homme qui a détruit tout honneur qu'elle ait pu avoir pour commencer.

Il tape du doigt sur le comptoir.

— Je ne suis pas d'accord avec ça.

— Tu l'as déjà dit, répliqué-je d'un ton sec, avant de me mettre debout et de prendre l'assiette. Le processus est en marche. On le met en place et on ira jusqu'au bout. Tout ce qui compte, c'est l'objectif final. Tu t'en souviens ?

Il se passe une main sur la tête et répond, à travers ses dents serrées :

— Oui.

— Bien, dis-je, mes yeux rivés aux siens. Puisque nous sommes d'accord, je ne veux plus entendre un seul mot à ce sujet.

Lui tournant le dos, je quitte la cuisine et apporte le petit déjeuner d'Evie à l'étage. Quand j'entre, elle se tient devant la fenêtre de sa chambre, de nouveau habillée d'un tee-shirt et d'un legging. Avec les points de suture sur sa hanche, elle est plus à l'aise dans les pantalons avec un élastique à la taille. Tout comme les talons, les jeans et les robes moulantes devront attendre.

Je laisse l'assiette sur la table basse.

— Je t'ai apporté quelque chose à manger. Il y a du café à la cuisine.

Elle se tourne pour me faire face. Avec les rayons du soleil qui traversent la vitre dans son dos, le vert de ses yeux est encore plus luminescent. C'est comme l'eau peu profonde d'un océan émeraude, ce qui me rappelle les vacances que nous passions dans les Caraïbes. J'ai toujours cru que l'océan était bleu, mais les mers les plus belles sont vertes.

— Merci, dit-elle.

— De rien, je réponds, d'une voix enrouée qui trahit mon manque de naturel.

Je m'éclaircis la gorge, à la recherche d'une chose à dire. Il n'est pas courant que je manque de mots.

— Tu as fait construire cette maison ou tu l'as achetée ? demande-t-elle.

Je réfléchis à la question.

— Pourquoi tu demandes ça ?

— Je me posais juste la question…

— Quelle question ?

— Si c'était ton style.

Je me fais plus proche… trop proche.

— Tu es curieuse à mon sujet ?

— Évidemment, répond-elle d'un air impassible. J'aime connaître mes ennemis.

Cette déclaration me fait sourire.

— Certainement pour exploiter leurs faiblesses…

— Quelque chose comme ça.

Son sourire en coin attire mon attention ; elle a des lèvres vraiment pleines qu'on a envie d'embrasser. La mettre dans mon lit ne sera pas une corvée.

— Je peux aller dehors aujourd'hui ? demande-t-elle.

J'arrache mon regard de sa bouche.

— Seulement si tu te conduis bien.

Elle se force à rire.

— Comment pourrais-je mal me comporter ? En vandalisant vos fleurs ?

— Ce serait une perte terrible. Je préférerais que tu les cueilles plutôt que tu ne les gâches.

— Je ne les cueillerais jamais.

Je hausse un sourcil.

— Tu n'aimes pas les fleurs ?

— J'adore. Mais si je les cueille, elles meurent.

Il n'y a aucune méchanceté dans son expression. Elle a tiré une flèche de façon fortuite, mais elle perce tout de même ma conscience.

— Tu préfères les regarder de loin ?

— N'est-ce pas le but ?

Il y a de l'ironie dans ses mots. Ils ne font pas sens, mais comme tout ce qui la concerne, je range l'information dans un coin de ma tête. Je parviendrai à comprendre.

— Quelle est ta fleur préférée ? m'informé-je, tandis qu'une idée prend racine dans mon esprit.

Sa voix se fait suspicieuse :

— Pourquoi ?

Elle a raison de rester sur ses gardes quant à mes motivations. Je n'y prête pas attention.

— Je suis juste curieux. Comme toi, j'aime connaître mes ennemis, ajouté-je avec humour.

— Ah ! se moque-t-elle avant de révéler, après un instant : les pois de senteur.

— Les pois de senteur ? répété-je, surpris.

Une fleur humble, bon marché, loin des roses ou des lys destinés aux princesses.

— Ils sentent bon.

Maintenant que j'y pense, je n'en ai jamais senti. Dans mon secteur d'activités, on n'a pas le temps de s'arrêter pour apprécier les délicates beautés de la vie. Je n'ai pas le temps de papoter avec elle non plus, pas avec la montagne de travail qui m'attend au bureau, mais je suis tout simplement incapable de m'éloigner d'elle pour l'instant.

— C'est un oui, alors ? demande-t-elle. Je peux aller dehors ?

— Je te l'ai déjà dit, tu peux te déplacer librement dans la maison et le jardin. Le sous-sol, cependant, est interdit, ajouté-je d'un ton d'avertissement.

Elle cligne des yeux et regarde ailleurs. Elle est encore embarrassée à propos d'hier.

Le silence qui suit n'est ni amical, ni hostile. La nuit dernière a été, en quelque sorte, un tournant pour Evie et moi. Notre colère s'est consumée, et il ne reste que des cendres. Je lui ai tendu un drapeau blanc. Elle a accepté et en a fait autant.

C'est bien moins fatigant que nos guerres passives-agressives. Combien de temps cela durera-t-il ? Quand j'aurai mis mon plan à exécution, elle me haïra peut-être pour toujours. C'est pourquoi je profite de l'instant présent, j'ai besoin de la convaincre de me laisser faire.

Je regarde ses pieds.

— Comment vont les blessures ?

— Bien mieux.

— Prends ton médicament.

N'ayant plus rien à dire, je n'ai plus d'excuse pour m'attarder plus longtemps. Je m'apprête à faire demi-tour, mais mon regard tombe sur sa main, qui repose contre son flanc, et je remarque les ongles qui se sont décollés dans sa lutte.

Tendant la main vers la sienne, je dis :

— Laisse-moi voir.

Gênée, elle les cache derrière son dos.

Je tends davantage le bras, lui prends le poignet. Mon regard est rivé au sien, ma hanche se presse contre son corps. La courbe de sa poitrine m'effleure le torse. Nous nous immobilisons tous deux dans cette proximité inconvenante. C'est trop intime pour des ennemis, mais pourtant, c'est exactement ce que je veux. C'est mal, mais d'un autre côté, c'est parfait.

Elle résiste quand je tire doucement, mais j'insiste. Je lui retire la main du dos et prends ses doigts dans les miens. Elle détourne le regard pendant que j'étudie les bosses et les reliefs qui parcourent ses ongles.

Leur difformité n'est pas due à une maladie. Je sais

reconnaître le résultat d'un traumatisme physique quand j'en vois un.

La fureur me fait chauffer les veines.

— Que s'est-il passé ?

— Ce n'est rien.

— Regarde-moi, ordonné-je sévèrement.

Avec réticence, elle pose ses yeux sur les miens.

— Qui t'a fait ça ?

Elle retire sa main de ma poigne.

— C'est important ?

Oui. À un point qu'elle n'imagine même pas. Elle vit sous mon toit. Ce qui veut dire qu'elle m'appartient. Personne ne fait de mal à ce qui m'appartient. Je tuerai cet enfoiré. Peu importe quand c'est arrivé, c'est arrivé.

Je fais un effort pour adoucir ma voix.

— Raconte-moi.

— J'ai reçu une éducation stricte.

Son père l'a maltraitée physiquement. Ou en tout cas, il a permis qu'elle le soit. Je relâche sa main. Cette nouvelle information brûle comme un feu glacé dans le creux de mon ventre. Soudain, je veux tuer ce voleur pour une autre raison que la vengeance. Je veux l'étriper et le regarder mourir lentement. Mais la mort n'est pas son destin… Il ne peut souffrir s'il est six pieds sous terre. Non… Je me souviens des mots que j'ai prononcés à l'intention de mon frère il y a quelques minutes à peine.

Tout ce qui compte, c'est l'objectif final.

Pas Evie. Ma famille. Ma famille, putain ! Je grince des dents. Je suis en train de lui permettre de me distraire. Elle est dangereuse. Elle ignore totalement à quel point. Moi, je commence à en avoir une vague idée…

— Roman ? demande-t-elle, hésitante, quand je tourne les talons et marche vers la porte.

Le son de mon nom sur ses lèvres m'immobilise. Ouais… Elle a déjà trop de pouvoir sur moi.

Ma voix est plus dure que ce que je voulais :

— Quoi ?

— J'ai fait quelque chose ?

Je lui fais face. Si j'en suis là, c'est de mon propre fait. Je l'ai amenée ici, c'était mon plan.

— Je serai de retour pour le déjeuner.

Une ombre tombe devant ses yeux.

Et ainsi s'achève notre brève période de semblant de paix.

Franchissant la porte, je la claque derrière moi.

Il n'y aura plus de drapeaux blancs agités dans cette maison. À partir de maintenant, nous allons combattre à mains nues.

11
CHRISTINA

Le claquement de la porte d'entrée annonce le départ des hommes. Une fois encore, j'ai la grande maison pour moi.

Après avoir mangé le petit déjeuner, je descends en quête de café. Si je continue de la sorte, je vais prendre du poids. Bell n'en sera pas ravi.

Je prends une deuxième tasse car je suis accro à la caféine, elle coupe la faim. Si je m'abstiens trop longtemps d'en boire, j'ai des maux de tête.

N'ayant plus rien d'autre à faire, je regarde dans le frigo et trouve un gigot d'agneau. Je pourrais faire un feu dans la salle télé et lire l'un des livres de Roman sur son étagère, mais je serais incapable de me détendre. C'est mieux si je reste occupée.

Prenant des haricots verts et du chou-fleur dans le bac à légumes, je rassemble le tout sur le comptoir et me mets au travail. Roman m'a apporté de la soupe la nuit dernière. Il aurait pu exploiter ma faiblesse et s'amuser de mon mauvais état, mais il ne l'a pas fait. Il aurait pu me punir et faire pression pour avoir plus de détails, mais il a respecté mon souhait de ne pas discuter de ce qu'il s'était passé. Je veux faire quelque chose pour lui en retour, rien de trop gros qu'il pourrait mal interpréter, juste une simple tâche qui lui rendra la vie plus facile. Lui faire à manger est un bon compromis.

À l'heure du déjeuner, l'arôme du romarin et de l'ail imprègne la cuisine. Je sors le rôti et les pommes de terre du four juste au moment où Roman, Matéo et Andrew reviennent. Roman entre le premier dans la cuisine. Il a toujours l'air puissant dans son jean et son cuir, mais dans le costume habillé couplé à la chemise à col boutonné, il est encore plus impressionnant. Cela me rappelle que son pouvoir tient autant à sa force physique qu'à sa fortune.

Il s'immobilise au chambranle et me regarde poser le chou-fleur au fromage sur le comptoir.

Andrew passe à côté de lui.

— Ça sent comme un dimanche, ici ! dit-il en donnant un petit coup de coude à Roman. Ça me rappelle les dîners du week-end chez ta mère.

Roman serre les dents.

— Ouais, répond-il, me regardant d'un air curieux.

Matéo entre derrière eux. Il inspecte ce qui est étalé sur l'îlot central.

— Que se passe-t-il ?

Je coince une boucle derrière mon oreille.

— J'ai fait la cuisine.

Ce n'était peut-être pas une si bonne idée…

Andrew se rapproche, se penche au-dessus du rôti et inspire profondément.

— Maintenant, je meurs de faim !

Mon regard glisse vers Roman. J'ai fait ça pour lui.

— Tu n'as pas envie de manger ?

— Ça dépend, répond-il en s'avançant lentement. Tu as mis du poison dans la nourriture ?

Je regarde fixement son visage.

— Peut-être.

Cela lui arrache un sourire.

— Tu es drôle, tu sais ça ?

Mon souffle se fait irrégulier quand j'inspire.

— Je me souviens que tu m'aies déjà accusée de ça.

— Pourquoi ? demande-t-il encore, m'immobilisant avec son regard.

L'ambiance devient inconfortable. Matéo et Andrew nous observent calmement. C'est comme s'ils attendaient qu'une bombe explose.

J'expulse lentement l'air dans mes poumons, rassemblant mon courage, avant d'expliquer :

— Je voulais dire merci.

Ses longs cils vont de haut en bas tandis qu'il étudie mon visage.

— Pour quoi ?

— La nuit dernière, je réponds d'une petite voix, honteuse de l'admettre.

Une seconde passe. Je maintiens son regard, scrutant les grands puits couleur de rouille de ses yeux. Ils sont étonnamment exemptés de taches. La couleur est entière, un marron cuivré qui s'illumine de l'intérieur. Ils ont presque l'air irréels, comme du verre vénitien précieux. Pas une seule veine rouge ne vient gâcher le blanc autour de ses iris. Ces fenêtres de son âme sont magnifiques. D'habitude, elles sont voilées, mais là, elles sont étonnamment expressives, apportant des courants d'émotion qui m'atteignent si profondément qu'ils craquellent mes défenses. D'un simple regard, il me laisse vulnérable et exposée. Avec rien d'autre que ses yeux, il me découpe pour m'ouvrir et me toucher l'âme.

Il me rend mon regard. Voit-il les secrets dans mes yeux, les vérités que je cache au monde depuis si longtemps que je les ai pour la plupart oubliées moi-même ? Je ne devrais pas le laisser faire, l'autoriser à voir au travers des mensonges, mais nous sommes sous l'emprise d'un sort. Je ne pourrais pas détourner le regard, même si je le voulais.

La tension s'étire. La paix, la guerre, ma vie… et la question de savoir si nous prendrons ce déjeuner, tout cela dépend de sa réaction. Tout le pouvoir est entre ses mains, dans un équilibre précaire.

Puis il cligne des yeux, ses cils lui effleurant les joues, et dit :

— Ça sent bon.

Ma poitrine se dégonfle maintenant que j'expulse un autre souffle tremblant. Il ne fait pas qu'accepter de manger le repas que j'ai préparé ; il m'accepte, moi. Il fait son chemin en moi, tel un serpent, visant toutes mes défenses avec sa force de frappe, et en retour, il me laisse voir une partie de lui. Ce jeu est dangereux, bien plus que celui de mon identité. Je joue un rôle pour ma vie, lui joue avec mes sentiments. Si je le laisse faire, il placera tous ses paris sur mon cœur, et Roman Malan ne perdra pas. Je n'ai pas besoin de le connaître intimement pour sentir ça chez lui.

Déjà maintenant, il m'étourdit sans même me toucher ou me parler, l'énergie entre nous est chargée.

— Il y a de la tarte au citron dans le frigo pour le dessert, dis-je dans un effort pour me libérer de cette sombre magie qu'il fait tourner autour de moi.

Sa virilité est trop puissante, trop paralysante. Elle me terrifie.

— Ça a l'air super bon ! dit Matéo, me surprenant de son sourire épuisé.

Ce n'est pas un geste insouciant, mais il fait de son mieux.

Encore plus mal à l'aise désormais, je hoche la tête.

— Je vous laisse, dans ce cas.

Comme je me tourne vers la porte, Roman m'attrape le poignet.

— Prends un siège, dit-il.

Je désigne l'arrière-cuisine d'un geste du pouce par-dessus mon épaule.

— Je veux récurer les casseroles avant que ça sèche et que ça devienne difficile à avoir.

Il m'étudie de son intelligence malicieuse.

— Tu sais récurer les casseroles, hein ?

Contrairement à Evie. Elle n'est pas censée exécuter ce genre de tâches. Je réfléchis rapidement.

— J'apprends vite.

Ses yeux s'assombrissent ; pas de doute, il tord mes mots et les interprète à sa manière.

— Ah oui ?

— Le repas est en train de refroidir, dis-je, m'extirpant de sa poigne.

Matéo et Andrew s'asseyent au comptoir, en face de lui. Roman tire une chaise pour moi à ses côtés. Andrew verse du vin pendant que Roman découpe le rôti.

Quand les assiettes de ces messieurs sont pleines, Andrew fourre une grosse quantité d'agneau dans sa bouche. Fredonnant son approbation, il dit :

— Putain, c'est bon !

Roman lève les yeux.

— Ton langage, Drew. Tu es en compagnie d'une dame !

— Désolé, dit Andrew, remplissant sa bouche de haricots. Hmm, c'est trop bon ! Tu as ajouté du bacon, Evie ?

— Oui. Puis je l'ai mélangé avec les pommes de terre et les oignons.

Roman coupe un morceau de viande et porte la fourchette à sa bouche. Je ne peux m'empêcher de remarquer la forme de celle-ci, l'arche parfaite au-dessus et la lèvre inférieure pleine. La lumière qui filtre à travers la fenêtre met en évidence le marron cuivré de sa barbe coupée court. Il est trop agréable à regarder.

Il m'observe tout en mâchant et avalant son vin, avant de demander :

— Où as-tu appris à cuisiner ? Je pensais que vous aviez du personnel pour ça, ajoute-t-il en désignant la vaisselle avec sa fourchette.

— Oui, mais…, commencé-je à dire en cherchant une réponse, les mains vides.

— Mais cuisiner fait partie des compétences qu'une véritable épouse se doit d'acquérir ? demande-t-il d'un ton moqueur teinté d'un peu d'hostilité.

De toute évidence, il n'apprécie pas l'idée qu'Evie se marie avec Nathan. Pourquoi, je ne parviens pas à le comprendre. Il déteste tous les Warren, suffisamment pour désirer gâcher les chances d'Evie d'avoir un bon mariage, mais en quoi ça l'intéresse, qui elle est censée épouser ou si elle fera une épouse de la mafia parfaite, capable de cuisiner ?

Matéo tousse.

— Ma mère m'a appris.

Et ce n'est pas un mensonge.

— À cuisiner pour ton futur mari, dit Roman, prenant un autre verre de vin.

Je regarde ailleurs.

— J'aime ça.

— La bouffe est bonne, dit Matéo d'un ton apaisant.

— Merci, je réponds à voix basse.

Pendant le reste du repas, ils parlent affaires, affaires légales, du moins. Je picore mon assiette tout en écoutant d'une oreille.

— Qu'en penses-tu ? demande Roman.

Je réalise qu'il s'adresse à moi une fois que le silence a envahi la cuisine.

— Désolée, dis-je en m'asseyant plus droite. Quoi ?

— Je demandais ce que tu penses de l'investissement dans l'or. En tant qu'économiste, tu dois surveiller la Bourse.

Détournant le regard, je bondis de ma chaise.

— Je ne suis pas au courant de l'actualité.

— Évidemment, dit Roman. Comment le pourrais-tu ? Les préparatifs du mariage doivent te prendre tout ton temps. Comme à toutes les princesses de la mafia.

C'est quoi, son problème ? J'ai sur le bout de la langue l'envie de lui dire d'aller se faire voir quand Matéo repose son verre plus brutalement que nécessaire.

— Tu devrais peut-être y aller doucement sur le vin, Roman, lui dit-il.

Regardant tout à tour Roman et moi, Andrew dit :

— Si ça ne dérange personne, je vais me resservir.

— Qu'est-ce qui vient après le mariage, Evie ? demande Roman comme si Matéo et Andrew n'avaient pas parlé. Qu'est-ce qui est supposé t'occuper des heures ? La fête prénatale ? Et ensuite la redécoration ?

Cela me démange de gifler ce sourire condescendant sur ce beau visage.

— N'ose même pas me juger, pas pour ce qui est hors de mon contrôle.

Matéo durcit le ton.

— Bon Dieu, Roman, ça suffit !

Leur tournant le dos, j'apporte mon assiette vide à

l'évier. Je me fiche qu'Andrew soit encore en train de manger. Je ne peux les laisser voir la honte sur mon visage. Je suis embarrassée de ne pas avoir terminé l'école. Ma mère m'a fait arrêter les cours, car Bell lui avait dit que je recevrais une meilleure éducation à l'école internationale de l'étiquette et du protocole. Si seulement elle avait su… Même si je suppose que c'est le cas et qu'elle m'y a envoyée en connaissance de cause.

Une grande main tombe sur mon bras. Je lève les yeux. Roman me surplombe.

— Laisse la vaisselle. Tu as cuisiné, on va nettoyer.

— C'est bon. Je préfère m'occuper de mon propre bazar moi-même.

— Ce que j'ai dit, commence-t-il, la mâchoire serrée, était inconvenant.

— Non, dis-je en me libérant. Tu as raison. Bell… mon père n'autorise pas les femmes de notre maisonnée à travailler. Cependant, il croit fermement en une bonne éducation.

Je ricane afin de masquer que je suis vexée. Roman se passe une main dans les cheveux, mettant en désordre les mèches d'une façon qui ne devrait pas être sexy.

— Je ne voulais pas…

— Si, tu le voulais.

— Evie, dit-il d'un ton d'avertissement.

— Tout ce que tu as dit est vrai, continué-je en levant le menton pour le regarder dans les yeux. Les femmes ne sont que des marchandises, n'est-ce pas ?

Roman pointe un doigt sur moi.

— Tu ne veux pas aborder ce terrain-là avec moi…

— Pourquoi ? le nargué-je, m'en fichant désormais. Car tu es un hypocrite ? Car tu te sens coupable pour la même raison ? Oh, attends… Tu es incapable de ressentir de la culpabilité.

Il fond si vite sur moi que je n'ai pas le temps de cligner des yeux. Entourant mon avant-bras de ses doigts, il me tire brutalement à lui. L'assiette et les couverts me tombent des mains ; la première vient se briser entre nous, et le son net du métal résonne dans l'espace quand le couteau et la fourchette heurtent le carrelage.

— Tu ne vois pas le moins du monde à quel point tu as raison, dit-il entre ses dents serrées. Ce n'est pas parce que tu dors chaque nuit dans un lit douillet et manges des chocolats faits maison importés de Belgique que c'est ce que tu mérites.

Il n'élève pas la voix, mais en un sens, le calme avec lequel il délivre sa colère est pire.

— Sais-tu seulement ce que c'est que la faim ? As-tu déjà eu froid ? Sais-tu ce que ça fait de dormir sur le sol ? reprend-il avant de me laisser partir d'une poussée. Je ne crois pas… Ne me laisse pas te montrer à quoi ressemble la réalité pour les gens qui n'ont pas d'argent.

Je me frotte le bras là où il m'a empoignée. Oui, sur tous les tableaux : j'ai eu faim, froid, et j'ai passé plus de nuits que je ne m'en souviens dans le sous-sol de Bell. Je sais ce que ça fait d'être allongée sur du béton et d'écouter le bruit des rats qui détalent autour de soi dans le noir, mais il ne mérite pas de savoir ça. Personne ne le mérite. Ça m'appartient. C'est ma honte.

— Nettoie ça, dit Roman, regardant le désastre au sol. Si tu casses une chose de plus dans ma maison, tu travailleras pour la remplacer.

Ravalant mes larmes avec ma colère, je compte jusqu'à dix pour m'empêcher de le frapper au visage.

Jouer le jeu.

Je baisse la tête, pas en signe de soumission mais pour lui cacher mon visage. Je ne lui offrirai pas mes larmes. C'est un monstre, bien plus cruel que Bell, car lui n'offre jamais de gentillesse pour la reprendre aussi sec. Au moins, avec Bell, je sais toujours à quoi m'attendre.

Des bruits de pas résonnent sur le sol. Les chaussures de Matéo apparaissent dans mon champ de vision. Se baissant, il ramasse le couteau et la fourchette. Je le dévisage, la bouche entrouverte.

— La première fois, c'était ma faute, dit-il à Roman. J'ai cassé l'assiette. Un geste puéril, un étalage stupide de ma colère.

Levant les yeux vers moi, il m'accorde un autre semblant de sourire.

Les miettes qu'il me donne font déborder les larmes que j'essaie avec peine de contenir. C'est ce petit bout de gentillesse qui me brise, pas la cruauté ni la haine dans les paroles de Roman.

Roman forme des poings à côté de ses hanches mais

ne dit rien tandis que Matéo se redresse avec les couverts, prend la porcelaine brisée de mes mains et jette le tout dans l'évier.

Andrew se glisse de son siège et demande, d'une voix trop enjouée :

— Que diriez-vous d'une partie de billard ?

— Partez devant, les gars, dit Roman, sans rompre le contact visuel avec moi.

Matéo hésite.

— Vas-y, dit Roman en inclinant la tête, sa voix toujours égale. Je te rattraperai.

Peut-être parce qu'ils se disent que Roman maîtrise sa colère, ils nous laissent seuls dans la cuisine. Moi, je sais qu'il est encore furieux, qu'il parvient seulement à ne pas le montrer. Comme moi, c'est un bon acteur.

Un moment de silence passe. Je regrette d'avoir préparé le repas. C'était une idée stupide, une erreur que je ne referai pas. Comme Roman me l'a rappelé, je suis une prisonnière. Je ne lui dois rien.

— Pourquoi ne m'as-tu pas dit que mon frère avait brisé cette assiette ?

J'ai un rire ironique.

— Tu aurais vraiment voulu le savoir ?

— Oui. Dans le futur, tu n'omettras plus ce genre de faits. Compris ? T'a-t-il fait du mal ? demande-t-il sans attendre mon accord.

Je déglutis.

— Non.

— T'a-t-il touchée ?

Je me tourne vers l'évier, mais je ne vais pas loin ;

Roman pose ses doigts autour de mon poignet et me fait faire demi-tour.

— Je t'ai posé une question, Evie. Et ne me mens pas, putain.

Exaspérée, je regarde ses traits parfaits. Il est injustement beau, le masque est une représentation trompeuse de ce qui se cache en dessous. C'est un visage conçu pour tromper, le visage d'un diable.

— En quoi c'est important ?! m'exclamé-je. Tu m'as kidnappée ! Tu peux me tuer si tu le veux ! En quoi ça fait une différence, si ton frère m'a touchée ?

Chaque muscle de son corps devient rigide. L'incrédulité agrandit ses yeux brun-roux alors qu'il prononce d'un ton mesuré :

— C'est important. Tu m'appartiens. Personne d'autre que moi n'a le droit de poser un doigt sur toi. Alors tu ferais mieux de me répondre maintenant, et que les dieux aient pitié de toi si tu me mens, car je découvrirai la vérité.

Sérieusement ? Il n'est pas seulement sexiste et hypocrite, mais aussi suffisant !

— J'attends, dit-il, resserrant ses doigts autour de mon poignet.

Je ne veux pas apporter des ennuis à Matéo. Cafter n'est pas mon genre, mais Roman ne me laisse pas partir. Il continue de patienter, son regard perçant le mien.

— Il était contrarié que tu ne m'aies pas enfermée dans une cellule, dis-je. Il était en colère au sujet de la nourriture, alors il l'a jetée sur le sol.

Roman me regarde, les narines dilatées.

— Et ensuite ?

— Et ensuite, il m'a fait m'agenouiller.

Sa poigne autour de mon poignet est comme un étau. Répétant les mots lentement, il dit :

— Il t'a fait t'agenouiller.

Je lèche mes lèvres sèches. La furie lui assombrit les yeux.

— Oui.

— Comment ?

Je cligne des yeux.

— Quoi ?

Il me presse trop fort, il me fait mal.

— Ne me fais pas répéter chaque question. Comment t'a-t-il demandé de t'agenouiller ?

— Je…

J'allais dire que je ne m'en souviens pas, mais ce serait un mensonge flagrant – pour lequel Roman me punirait, car c'est un homme de parole. Je prends une profonde inspiration.

— Mes cheveux.

— Il t'a mise à genoux avec sa main dans tes cheveux.

— Oui, confirmé-je d'une voix presque inaudible.

— On progresse. Quoi d'autre ?

— Rien d'autre. Tu me fais mal.

Il regarde là où ses doigts sont enroulés autour de mon poignet. Les relevant un par un, il me relâche.

Je recule d'un pas. Le mouvement me fait cogner la hanche contre l'évier. Il me suit, plantant les mains sur le meuble, de part et d'autre de mon corps, me piégeant dans la cage que forment ses bras.

— Si quelqu'un te touche à nouveau, tu me le diras.

— D'accord, dis-je afin qu'il me fiche la paix.

— Sois assurée qu'il sera puni.

Mon ventre se noue. Dans ce cas, Matéo me détestera encore plus, de la même façon que tout le monde dans la maisonnée de Bell me déteste. Ils ont peur de moi. Bell ne peut me donner des ecchymoses ou des marques. Il a besoin que je sois sans imperfection pour jouer le double d'Evie. Alors il compense en me punissant par le biais d'autres personnes, sachant que c'est pire pour moi si elles souffrent par ma faute. Coups de fouet, coups de poing, réductions de salaire… Il me fait assister à tout.

Je me redresse, tentant de créer un espace entre nous, mais Roman ne bat pas en retraite. Tendant le cou pour lever le visage vers le sien, je demande :

— N'es-tu pas censé jouer au billard avec ton frère et ton cousin ?

— Plus tard, dit-il, m'observant comme un prédateur affamé.

— Il reste beaucoup à manger. Je peux l'envoyer au sous-sol ?

Son regard se dirige vers ma bouche.

— C'est pour ça que tu as préparé autant de choses ? Pour les nourrir ?

— Non ! m'exclamé-je.

— Tu as cuisiné pour moi ou pour eux ?

— Je t'ai dit pour qui j'ai fait ça.

— Redis-le-moi.

Je prends une profonde inspiration avant de l'expulser :

— Pour toi.

— Pour moi, répète-t-il, ses yeux toujours collés à mes lèvres. C'est foutrement agréable d'entendre ça, à un point que tu n'imagines même pas.

J'ouvre la bouche pour lui dire quelque chose, mais j'ignore quoi. Mon cerveau refuse de fonctionner. Peut-être ai-je envie de dire qu'*agréable* n'est pas un mot qui convient à notre situation, mais avant que j'aie pu émettre un seul son, sa bouche s'écrase contre la mienne. Ce geste me prend au dépourvu. Trop tard, j'essaie de serrer les lèvres. Sans succès. Il se faufile déjà à l'intérieur, sa langue cherchant la mienne dans des caresses légères mais insistantes.

De drôles de choses se déroulent dans mon corps. La chaleur s'étend dans mon bas-ventre. Ma poitrine devient lourde. Je ne lui rends pas son baiser. Il s'agit de mon premier, mais ce n'est pas le manque d'expérience qui me paralyse, c'est l'excitation qui me picote jusqu'en bas du dos et me mouille la petite culotte.

Ses lèvres sont chaudes et douces. En contraste, sa courte barbe est râpeuse et m'érafle la peau. Il a le goût du vin. Sans effort, il manie mes lèvres pour qu'elles suivent son exemple. Il est doué pour embrasser, il est dangereux. Je perds pied.

Comme lorsqu'il m'a fait jouir avec sa main, mes genoux faiblissent. Il m'enlace d'une paume sur le bas de mon dos, me pressant suffisamment contre lui pour que je puisse sentir son érection sur mon ventre.

Malgré ce que nous sommes et l'endroit dans lequel nous nous trouvons, mon envie explose. Les circonstances s'évanouissent. Je veux faire l'expérience de ce qu'il m'a fait ressentir la nuit dernière. Je veux qu'il me libère.

Mettant mes bras autour de son cou, je serre les poings dans ses cheveux.

— Roman…

Un grognement surgit du fond de sa poitrine, il redouble l'assaut sur ma bouche tout en pressant sa cuisse entre mes jambes. Sans honte, je m'écrase contre lui, trouvant du soulagement sur cette zone douloureuse entre mes jambes.

— Putain, Evie, dit-il en mordillant ma lèvre inférieure.

Ce nom m'immobilise. Il m'extirpe du moment. Ce que je suis en train de faire me percute de plein fouet. Je suis en train de me frotter à mon ennemi, à l'homme qui veut me ruiner avant de me renvoyer auprès de Bell.

Non. Pas moi. Evie.

Jouer le jeu.

Je me sens confuse. Je perds mon bon sens, ma raison. La même question continue de me trotter dans la tête : jusqu'où suis-je prête à jouer le jeu ? Bell m'a entraînée pour ça. Il s'est assuré que je comprenais ce qui pouvait arriver. Il ne l'a jamais dit, mais je le comprends, aujourd'hui. Ce n'est pas ce qui m'arrête…

Ce qui me fait marquer une pause est une autre question : puis-je duper Roman de cette façon ? Puis-je le laisser me pénétrer en sachant qu'il croit que je suis quelqu'un d'autre ?

Quelles sont mes options ?

Il s'écarte et demande d'une voix enrouée :

— Que se passe-t-il ? Je vais trop vite ?

Comme si nous avions le temps… Comme si Bell n'était pas sur le pied de guerre en cet instant. Il sait désormais qui me retient. Il viendra, mais pas pour moi, seulement pour éliminer la menace qui pèse sur Evie.

Je me frotte le visage. À quoi je pensais ? Le stress de la situation prend le dessus sur moi. J'ai honte de mon comportement, et je suis fatiguée d'avoir honte.

— Je devrais faire la vaisselle, dis-je. Je ne suis pas sortie. J'aimerais me balader dans le jardin avant qu'il ne fasse nuit.

Passant une main sur sa bouche, il me regarde, incrédule.

— Tu veux aller te balader dans le jardin ? Maintenant ?

— Oui.

— Tu joues avec moi ? demande-t-il, les yeux rétrécis.

— Non ! m'écrié-je. Ce qui vient d'arriver… Je ne sais pas pourquoi j'ai fait ça.

Expirant longuement, il hoche la tête.

— Bien. La vaisselle peut attendre. Va faire ta

promenade dans le jardin, mais enfile une veste et mets des chaussures. On parlera de ça plus tard.

Saisissant l'opportunité qu'il m'accorde de m'échapper, je me précipite vers la porte, mais la façon dont il dit « Evie » m'arrête. Lentement, je me tourne face à lui.

— J'ai eu des nouvelles de Warren, continue-t-il. Il est d'accord pour l'échange.

12
ROMAN

Evie me regarde avec de grands yeux.

— Vraiment ?

Je plisse le front. Elle a l'air de douter, comme si elle s'attendait à ce que son père ne fasse rien qui soit en son pouvoir pour la retrouver.

— Il va te donner le diamant ? demande-t-elle.

Je ne réponds pas. J'ai déjà répondu à cette question quand je lui ai dit que je ne laisserais pas le choix à Warren.

La peur s'écoule dans le magnifique vert de ses iris.

— Quand ?

Sa réaction me laisse perplexe. Je pensais qu'elle serait soulagée, pas effrayée.

— Tu connais très bien la réponse.

Peut-être que c'est ce pour quoi elle est inquiète – ce qui doit arriver avant qu'elle ne quitte la maison. Elle ne franchira cette porte qu'une fois qu'elle m'aura donné son corps.

Me regardant sans ciller, elle demande :

— Nous disposons de combien de temps ?

Il y a quelque chose qui sonne faux dans sa façon de formuler cette question.

— Tu n'as pas l'air pressée de voir ton père…

Elle se tord les mains.

— Je veux savoir quand ça va arriver. J'ai déjà donné mon accord à tes conditions. Combien de temps après ça procéderas-tu à l'échange ?

Je mets les mains dans mes poches pour m'empêcher de la toucher.

— Après que nous aurons couché ensemble ? Quand je serai prêt.

— Et ce sera quand ?

— Bientôt, je réponds en souriant.

— Okay, dit-elle en hochant la tête pour elle-même.

Elle se mâchouille la lèvre, le regard vague.

Tu parles que je vais la toucher ! Je tends la main et la pose sur sa joue.

— Tout ira bien. Tu ne seras pas blessée. Je m'en assurerai.

— Ne fais pas de promesses que tu ne peux pas tenir, dit-elle d'une voix douce.

Mon front se plisse davantage encore. Elle a l'air certaine qu'elle sera blessée. Elle le sera sans doute, même si ce ne sera pas physiquement… C'est une réalité que je regrette déjà. J'ai justifié le fait de l'avoir entraînée dans ma guerre par la présence du sang de Warren dans ses veines. Et pourtant, maintenant qu'elle se tient devant moi, incroyablement vulnérable, son visage juvénile me rappelle qu'elle n'était qu'une enfant lorsque les péchés qui ont forgé mon futur se sont produits. J'aurai beau me plaire à dire le contraire un nombre incalculable de fois, elle est innocente.

Si près d'elle, je remarque autre chose : je la vois en tant que femme. Elle provoque des choses sur mon corps… Elle m'apporte du désir. Aujourd'hui, ce n'est pas comme ce jour où je l'ai kidnappée. Ce n'est pas la précipitation, l'euphorie ou l'adrénaline. Ce n'est pas le pouvoir. C'est elle. Je devrais la détester, mais la frontière entre mes sentiments commence à être floue.

Je laisse tomber ma main de sa joue et m'écarte d'elle.

— Tu devrais te dépêcher pour cette promenade dans le jardin. Mon médecin sera ici dans une heure, pour t'examiner.

— Ton médecin ?

— Il est bon. Tu n'as pas à t'inquiéter. Je lui confierais ma vie.

— Pourquoi ? demande-t-elle d'une petite voix.

Mon regard tombe sur sa hanche.

— Check-up de routine.

Elle se lèche les lèvres, attirant mon attention sur sa bouche délicieuse.

— Je vais bien.

Cela me donne envie de l'embrasser de nouveau.

— Il est de ma responsabilité de m'en assurer.

Son regard volette jusqu'à ma joue, celle sur laquelle elle a laissé des égratignures. Elles ont presque guéri.

— Ça va laisser des marques.

Je ricane.

— Alors je les porterai fièrement.

Elle se redresse.

— Parce que tu as gagné ?

— Ce n'était pas un combat, Evie, lui dis-je, sincère. Tu n'as jamais eu aucune chance.

C'est un fait, et je suis encore furieux à ce sujet. J'en veux à Warren. Je ne ferais jamais cette erreur, je ne lâcherais jamais Evie sans protection suffisante. Cela ne fait que prouver l'arrogance de Warren – il a grossièrement sous-estimé son ennemi.

— Viens dans ma chambre dans une heure.

Elle se tourne.

— Et… Evie ? Tu ne veux pas que je vienne te chercher.

Elle quitte la cuisine au pas de course.

Elle s'est servie de l'excuse d'aller prendre l'air comme échappatoire. Le fait qu'elle s'échappe de *moi* ne me laisse pas indifférent… C'est une pilule dure à avaler, mais elle ne me fuira pas plus longtemps. L'heure tourne. Warren a donné son accord, et elle son consentement.

Pendant qu'Evie déambule dehors avec un garde sur ses talons, je profite de ce temps pour préparer les arrangements concernant l'échange. Le médecin sonne à la porte à l'heure exacte prévue. Je le retrouve en bas des escaliers et l'emmène dans ma chambre. Evie attend là, comme je lui en avais donné l'ordre.

Sachant que ma présence ne sera pas la bienvenue, je laisse bosser le médecin et rejoins Matéo et Andrew dans la salle de jeux. J'ai encore un compte à régler avec mon frère.

— Salle de gym, lui annoncé-je. Maintenant.

Il lève les yeux de la craie qu'il met sur sa queue de billard.

— Qu'est-ce qui te ronge ?

— Evie, je réponds, les dents serrées. La faire s'agenouiller ? Avec ta putain de main dans ses cheveux ?

Andrew repose sa bière sur le bord de la table de billard et recule.

— Elle t'a raconté ça ? demande Matéo, son regard se rétrécissant.

Je retire ma veste.

— Je l'ai forcée à le faire.

Il repose la craie.

— J'ai dit que c'était une erreur.

Oublions la gym. Je suis si en colère que je ne tiendrai pas tout le chemin. Remontant mes manches, je dis :

— Tu ferais mieux de riposter quand j'essaierai de t'en mettre une. Sinon, tu vas finir aux urgences ce soir.

— Tu veux que je prenne une raclée pour la fille de Warren ? demande-t-il, suivant mon exemple en retirant sa veste en cuir.

— Personne ne la touche sauf moi. C'est à moi de me charger d'elle. Est-ce que c'est clair ?

Je lui donne un coup avant de prononcer le dernier mot. Mon poing rencontre sa mâchoire. Il trébuche jusqu'à la table de billard, les boules s'y entrechoquent.

Andrew prend sa bière et bat en retraite jusqu'à l'autre bout de la pièce. Il sait quand il faut rester loin de nos bagarres.

Matéo charge. Je me baisse. Ses poings tentent de frapper mes côtes. Je suis plus grand et plus corpulent, mais il est plus léger sur ses jambes. Avant que je puisse lui planter mon poing dans le ventre, il fait un pas de côté et m'assène un crochet sous le menton. Le choc fait claquer mes dents. Je l'atteins au nez, et j'entends le craquement du cartilage tandis qu'il perd l'équilibre et tombe sur les fesses.

Je lui tends la main.

— Lève-toi.

Une main sur sa mâchoire, il saisit ma paume et me laisse le relever. À la minute où il est sur ses pieds, il fait atterrir son poing sur mon épaule. Je le frappe à la pommette, lui fendant la peau. Un filet de sang s'échappe de son nez et de sa joue. Il l'essuie avant de me prendre par surprise avec un coup de tête qui envoie valser ma nuque d'un mouvement brusque et fait claquer ma mâchoire à nouveau.

— Temps mort ! dit Andrew.

Nous le regardons tous les deux.

— Il saigne, dit-il en pointant Matéo du doigt. *Game over*, les mecs.

Matéo met deux doigts sous son nez et jure dans sa barbe.

C'est notre règle… Aux premières gouttes de sang, on arrête.

Mais je n'ai pas envie d'arrêter.

Andrew se rend au frigo du bar, en sort un sac de glace et le lance à Matéo, qui l'attrape en plein vol. Mon cousin verse un scotch et me l'apporte.

— Tu lui dois des excuses, Mat, dit Andrew.

Heureusement que mon cousin est un médiateur. L'envie irrépressible de le fracasser encore plus s'écoule encore avec l'adrénaline du combat dans mon corps.

— Ça n'arrivera plus, dit Matéo, en pressant la glace sur sa joue, le regard furieux.

— Excuses acceptées, je réponds, les dents serrées.

— Tu ferais mieux de boire un verre, Roman, dit Andrew. Vous ne pouvez pas vous battre. La guerre concerne bien plus que vous deux.

Matéo jette la glace sur le comptoir et ramasse sa queue de billard.

— À toi de casser, Andrew.

Enfoiré.

— Tu veux jouer, Roman ? demande Andrew.

Je ne prends pas la peine de répondre. Je bois d'un trait le scotch et en verse un autre avant de me rendre à la salle de bain pour me nettoyer. Étonnamment, nous n'avons démoli aucun meuble. Matéo et moi ne nous battons pas souvent, mais quand ça arrive, il y a généralement autre chose de cassé que son nez.

Quand je reviens au bar, je sirote mon whisky et garde les yeux rivés à ma montre.

Après quarante bonnes minutes, le médecin frappe à la porte.

— J'ai terminé.

Je laisse mon verre sur le comptoir.

— Je vais vous raccompagner.

— La coupure n'est pas infectée, dit-il, se dirigeant vers la porte d'entrée à grandes enjambées. Appliquez de la pommade pendant encore deux jours et assurez-vous qu'elle finit son traitement antibiotique, et ça devrait aller.

Il m'adresse un regard de remontrance.

— Les points de suture donnent l'impression qu'elle a été charcutée par un boucher…, ajoute-t-il de sa voix de baryton. Vous auriez dû me laisser m'occuper de ça. Même une huile réparatrice n'empêchera pas l'apparition d'une cicatrice. Une vilaine.

Cela m'attriste… Si cela dérange Evie, il y a toujours la chirurgie plastique.

Nous nous arrêtons à la porte.

— Et qu'en est-il des autres problèmes ? demandé-je.

Il me regarde de sous ses sourcils grisonnants.

— J'aurai les résultats des tests pour vous dans vingt-quatre heures.

— Je vous remercie.

Il me serre la main et s'en va.

Juste au moment où je referme la porte, Evie dévale les escaliers. Elle se fait sans aucun doute mal au pied, étant donné la vitesse et la force de ses foulées.

S'arrêtant devant moi, les narines frémissantes, elle prend son élan et me frappe au visage. Je l'avais vu venir… J'aurais pu aisément dévier le coup, mais elle mérite d'évacuer sa colère.

— Comment as-tu pu ?! demande-t-elle.

Ses joues sont d'un rouge brûlant de rage, ou bien d'humiliation… Peut-être les deux.

— Comment ai-je osé m'assurer qu'il était prudent de coucher avec toi ?

Ses mains forment des poings à côté de ses hanches.

— *Coucher sans protection.*

Je me penche un peu plus, plaçant mes lèvres près de son oreille.

— Tu ne crois quand même pas que j'allais laisser un bout de caoutchouc se mettre entre nous pendant que j'enfonce ma queue dans ta chatte pour la première fois ?

Elle lève de nouveau le bras, mais elle s'est déjà défoulée ; cette fois, je lui attrape le poignet.

— Ne me frappe pas une fois de plus, Evie. Je ne laisserai pas le second coup rester impuni. L'expérience sera plaisante pour moi, mais pas autant pour toi.

Elle se libère de ma prise.

— Je n'ai aucune maladie !

— Combien d'hommes as-tu laissés pénétrer ton corps ? demandé-je d'un ton dur et froid, trahissant ma colère et ma jalousie injustifiées.

— Un seul, me crache-t-elle au visage. Même si ce ne sont pas du tout tes affaires.

C'est là qu'elle a tort. Ce *sont* mes affaires, elle n'en a aucune idée.

— Tu as couché avec quelqu'un. Je ne prendrai pas de risque.

— Et toi, alors ? siffle-t-elle. Combien de femmes ont partagé ton lit ?

— Aucune qui compte, lui assuré-je.

— Des tas, alors, concède-t-elle d'un air renfrogné. Et *toi*, tu es clean ?

— J'ai déjà fait les tests. Je serais ravi de partager les résultats avec toi.

— Qu'est-ce qu'il m'a injecté ? demande-t-elle, me regardant avec une méfiance furieuse. Pourquoi n'a-t-il pas voulu me le dire ?

— Des vitamines. Tu as vécu pas mal de stress, ce qui fait baisser l'immunité. Je ne veux pas d'une femme faible dans mon lit.

Je passe mon pouce sur mes lèvres tout en lui caressant le visage du regard.

— Je suis… très demandeur.

— Va en enfer, dit-elle, les dents serrées.

— Te sens-tu insultée car j'ai demandé à ce que tu sois testée ou en colère parce que ta place dans mon lit est une finalité prévue ?

Elle pousse un cri de frustration.

— Tu es un vrai macho, toi, non ?

— Un sexiste, un hypocrite et un macho, récapitulé-je avec un sourire moqueur. Tu ne vas pas coucher avec un homme gentil, ma douce, mais je te promets que mes compétences sont sans défaut. Ton plaisir est garanti.

Elle me regarde comme si elle pouvait me frapper.

— Ça m'étonnerait que j'adore.

— Oh si, c'est une promesse.

— Tu es un animal, dit-elle en serrant et desserrant ses poings.

Sa répugnance évidente à l'idée de coucher avec moi me dérange plus qu'elle ne le devrait. Elle me met encore plus en colère. C'est mauvais. Je dis des choses que je ne devrais pas dire, comme :

— Les autres femmes ne se plaignent pas. Elles aiment mes performances au lit. En réalité, elles supplient d'avoir ma queue.

Ses jolis yeux se rétrécissent. Je remarque à quel point ils deviennent verts quand elle est vexée.

— Tu sais quoi ? Débarrassons-nous de ça.

— Maintenant ? demandé-je, un sourcil levé.

— Tout de suite.

— Tu me demandes ? la taquiné-je.

— Je te le dis, dit-elle en tremblant de colère.

— Tu me dis quoi ?

Elle serre la mâchoire.

— De me baiser.

Je croise les bras.

— Supplie-moi.

— Quoi ?! s'écrie-t-elle.

— Je t'ai dit de supplier, non ?

— Fils de…, commence-t-elle avant de ravaler ses paroles.

Elle me regarde fixement, la haine mijotant dans la profondeur de ses jolis yeux, puis se reprend.

— Parfait. Me faire humilier ne peut pas être pire que de baiser avec toi. *Je t'en prie,* Roman, dit-elle en battant des cils et en usant d'une intonation qui singe l'imploration. Je t'en prie, baise-moi…

Mon sexe devient dur en une seconde chrono. Ce

n'est pas la réaction que je souhaitais avoir, mais ces vilains mots, même si elle ne les pensait pas, me font des choses, des choses qui m'effraient, et il en faut beaucoup pour m'effrayer.

— Malgré l'affligeante attente que cela sera pour moi, je dois décliner, dis-je. Nous ne baiserons pas avant le retour de tes résultats médicaux.

Des larmes scintillent dans ses yeux, les faisant étinceler encore plus. Ce ne sont pas des larmes de chagrin mais d'indignation. C'est ce que je voulais. Je voulais la punir de rendre si évident le peu de désir que je lui inspire, mais maintenant que ces gouttelettes de cristal roulent sur ses joues, je n'aime pas les voir sur son visage. Je n'aime pas ce qu'elle me fait ressentir, cette impression d'être un abruti. Même si j'en suis bel et bien un.

— Ne va pas en enfer, finalement, dit-elle. Encore mieux : va te faire foutre.

Tournant les talons, elle marche jusqu'aux escaliers.

— Bientôt ! m'écrié-je à son intention, pour avoir le dernier mot, car les abrutis aiment avoir le dernier mot. Après tes si adorables supplications, je vais sans aucun doute me branler sous la douche !

Elle me fait un doigt d'honneur par-dessus son épaule. Mes lèvres s'étirent en un rictus ; j'aime qu'elle ne me laisse pas lui marcher sur les pieds. Je l'apprécie déjà, mais cela m'incite à la respecter. J'ai besoin d'une femme qui me remette à ma place. Et aussi simplement que ça, d'un geste grossier, elle conquiert mon cœur autrefois hors de portée.

13
CHRISTINA

Les résultats arrivent le lendemain. Roman apporte le papier dans la salle télé, où je me tiens devant l'étagère, étudiant les titres sans vraiment les voir. Quand il me le met dans les mains, je le lis machinalement.

Je suis clean. Je ne suis pas enceinte.

Abaissant le papier, je fixe le titre doré et embossé sur le dos du livre qui se trouve à hauteur de mes yeux.

Les Pierres précieuses d'Afrique du Sud.

Je prends un moyen de contraception. Bell me fait faire des injections tous les trois mois pour s'assurer que je ne tombe pas enceinte.

Il n'y a plus de raison de se retenir.

J'ai donné mon accord, j'ai supplié.

Roman a obtenu ce qu'il voulait, comme il l'avait promis. Il avait raison en disant que ma présence dans son lit était la conclusion prévue. Il a eu le temps de concevoir ce plan, le temps de se préparer au massacre.

Je n'ai eu que deux jours pour m'y faire et m'y préparer. Peut-on vraiment être préparé à ça ? Je redresse le dos. Hors de question que je lui montre à quel point cette idée me terrifie ! Il aurait dû le faire quand j'étais en colère... car la rage éteint toujours mes craintes.

— C'est français, dis-je, essayant de gagner un peu de temps pour me ressaisir.

Malgré ma bravade, j'ai besoin de ce temps. J'ai besoin de m'exiler dans un autre endroit que celui-ci, un endroit où les souvenirs seront si profondément enfouis que je ne serai pas tentée de les dépoussiérer pour les examiner. Pendant les prochaines minutes, je ne serai plus Christina. Pendant un bref moment, je suis reconnaissante de m'être exercée à être quelqu'un d'autre toute ma vie d'adulte.

— Le livre ? demande-t-il en inclinant la tête pour lire le titre. Il était à ma mère. Elle était française.

Les lettres dorées brouillent ma vision tandis que je me penche davantage pour m'éloigner quelque peu de lui.

— C'est pour ça que ton frère et toi avez des prénoms français ?

— Oui, répond-il, l'air d'être à mille lieues d'ici.

Je l'observe. Comme moi, il regarde fixement le livre, mais il voit quelque chose de complètement différent. Sa mère, peut-être... Je ne devrais pas poser la question, sachant que le sujet le rend d'humeur instable, mais ma curiosité est trop grande.

— Quand est-elle morte ?

Il croise mon regard, l'air surpris par ma question.

— Tu l'ignores ?

Me mordant la lèvre, je secoue la tête.

— Deux ans après mon père, dit-il d'un ton clinique.

Elle était jeune, alors. Je ne suis pas seulement curieuse de sa famille, je le suis à propos de tout ce qui le concerne.

— De quoi est-elle décédée ? Sauf si la question est trop personnelle.

Il m'étudie attentivement.

— C'est personnel, mais tu devrais le savoir… Ton père aurait dû t'en parler.

Regrettant d'avoir été si directe, je dis :

— Tu n'es pas obligé d'en parler.

— Tu n'as pas seulement le droit de le savoir, tu en as l'obligation.

Remarquant ses traits, je mémorise la douleur et la culpabilité dans ses yeux. Je retiens mon souffle, me perdant dans la souffrance qui se reflète dans les profondeurs sans défaut de ces puits roussâtres.

Il continue d'un ton dénué d'émotion.

— Mon père a conduit jusqu'à Cullinan et s'est tiré une balle au sommet d'une terre excavée. Il ne voulait pas que nous retrouvions son corps. C'est l'un des fermiers du coin qui l'a fait.

Je n'expire pas, de peur de faire du bruit. Le moment est trop fragile, trop friable. Comme nous. Nous sommes trop endommagés, déjà brisés.

Il regarde le livre.

— Tu as déjà vu ce qui arrive à un chien qui est trop

attaché à son maître quand celui-ci meurt ? Il fait son deuil jusqu'à la fin de sa vie.

Il me fait de nouveau face et continue d'une même voix neutre :

— Je suppose que c'est la cause véritable de la mort de ma mère. Le certificat de décès indique une pneumonie, mais elle a cessé de prendre soin d'elle après le départ de mon père. Elle avait perdu son envie de vivre.

Je tends la main et la joins à la sienne. Enveloppant autant que possible sa paume, je lui offre le seul confort que je peux apporter. En cet instant, l'homme qui occupe mon espace n'est pas mon ennemi. C'est un homme qui a mal. Nous partageons le même destin, nous avons tous les deux été brisés par le même homme : Bell Warren.

— Ma mère a enterré mon père là où il s'est tué. Quand elle est morte, j'ai acheté le lopin pour sa tombe à côté de celle de mon père, à Cullinan. Je ne pouvais pas le faire ici. Je ne pouvais pas le supporter, ajoute-t-il avec une honnêteté choquante. Les séparer dans la mort m'aurait dévasté.

— Je suis navrée, murmuré-je, ouvrant les doigts et laissant le papier du verdict de ma situation médicale chuter au sol.

Il volette comme si l'encre sévère imprimée sur le papier blanc immaculé ne portait pas un lourd jugement. Il se dépose sur le carrelage comme si aucune de ces lettres ne formait d'importants mots tragiques. Levant ma main libre, je la pose sur sa mâchoire. Je maintiens son regard, voyant l'homme au lieu du criminel, tandis que la rugosité de sa légère barbe me gratte la paume.

Au moment où mes défenses s'abaissent, il bondit. Il déchire une ouverture et se faufile à l'intérieur, me forçant à être Christina. Notre vérité est trop brute ; il est impossible de me cacher derrière Evie. Pour une fois, je ne suis pas confuse quant à qui je suis. Je suis la fille qui a abandonné ses rêves mais pas ses espoirs. Je suis la femme qui préfère la vanille au jasmin. Il a déverrouillé la porte de ma cage, et je ne peux y retourner de mon plein gré.

Avec lui, je suis libre.

Pour lui, je suis Christina.

Pour lui, je suis moi.

Son sourire est faible. La lumière dans ses yeux est douce mais pas clémente.

— Ma pauvre Evie… À cause de ton père, nos destins ont été scellés.

C'est comme s'il avait pris les mots de mon esprit pour exprimer mes pensées à voix haute. Il se rapproche, nos corps s'effleurant. Nous nous regardons l'un l'autre, mon visage levé vers lui, le sien baissé vers moi. Nous pensons à la même chose et respirons l'air de l'autre. Ma main descend sur son torse. Le battement de son cœur forme un tandem avec le mien. Le rythme est irrégulier, douloureux et rigoureux, avec une sombre attente. Mon cœur ne ment pas là-dessus ; contrairement à mon esprit, il ne raisonne pas. Il ne prend pas en compte le bien et le mal. Il existe, simplement. En cet instant, isolés dans notre déchirure, nous sommes parfaitement alignés.

Recouvrant ma main posée sur son torse de la sienne, il dit :

— Ma belle Evie. Une princesse enfermée à clé dans une tour. Je suis navré pour toi, vraiment, mais cela ne m'arrêtera pas. Je ferai ce qui doit être fait.

Je retire ma main de la sienne.

— Ne t'avise pas d'avoir pitié de moi.

— Pitié ? demande-t-il avant de m'observer. Non, tu es trop royale pour de la pitié.

Il a tort, je ne suis personne. On s'est servi de moi et on m'a détruite. Je suis une poupée cassée qui ne sera jamais neuve, jamais pure, toujours sale. Mais au plus profond, je suis toujours moi. Je suis encore moi, et avec lui, c'est tout le problème. Il me rend vulnérable comme Bell ne pourra jamais le faire. Bell me tourmente physiquement et émotionnellement, mais les blessures que Roman m'infligera ne guériront pas.

Le réaliser me fait vaciller contre les étagères.

— Tu ne fais pas machine arrière, dit Roman. Ce n'est pas terminé.

— Je t'ai fait une promesse.

L'échec coule comme une pierre dans mon ventre. Non… Ce n'est pas vrai. J'ai été vaincue il y a longtemps, avant même que Roman ne me kidnappe.

— Je tiendrai parole.

Il hoche la tête, d'un mouvement résigné. Reprenant ma main, il dit :

— Avant que cela n'arrive, quelque chose doit d'abord être fait.

Sans me lâcher, il prend quelque chose dans sa poche. Il me retient comme s'il avait peur que je fuie. J'ai promis. Je ne peux pas m'échapper. Je ne peux me cacher de lui nulle part. Alors pourquoi resserre-t-il sa poigne au point de me faire mal ?

Je scrute son visage, espérant obtenir des réponses. Il soutient mon regard, m'offre l'étrange consolation de me laisser regarder dans ses yeux et de m'accorder un point d'ancrage. Mais ce n'est pas sur son visage que j'aurais dû chercher, car lorsque je baisse les yeux, il est en train de passer une bague à mon doigt.

14
ROMAN

C'était la bague de ma mère. Le diamant scintille au doigt d'Evie. Posé sur un cercle d'émeraudes qui vont avec la couleur de ses yeux, il a l'air d'avoir été fait pour elle depuis toujours.

Elle lève vivement la tête, ses jolis traits horrifiés et ses joues blêmes comme les braises mourantes d'une cheminée.

— Roman ?

Si je la regarde plus longtemps, je vais me décourager. Non. Si c'était autre chose, peut-être. J'ai le sentiment que je trouverais cela dur de refuser quoi que ce soit à Evie. Mais pas ça. Ce n'est pas négociable.

Prenant sa main gauche, la main à laquelle elle porte désormais ma bague, je la conduis dans le couloir et ouvre la porte de sa chambre. La femme que j'ai engagée pour préparer Evie patiente devant le dressing.

À la vue de la femme – dont j'ignore le nom, mais mon contact m'a garanti qu'elle était fiable –, Evie campe sur ses positions. Je la force à franchir le seuil puis la pièce. Je dois marcher trop vite, car elle trébuche. Ralentissant, je la prends par le coude pour la stabiliser. Elle n'est pas tombée car mes foulées étaient trop grandes. Son regard est fixé sur la robe blanche disposée sur le lit.

— C'est une blague ? demande-t-elle, l'air si pâle que je crains qu'elle ne s'évanouisse.

Je la prends par la taille, testant son équilibre avant de la relâcher.

— Jamais je ne plaisanterais sur un sujet pareil.

Je fais un mouvement de tête à la femme, lui envoyant un ordre silencieux. Elle sait quoi faire. Sans laisser à Evie le temps de protester, je pars et verrouille la porte.

Juste au moment où je suis sur le point d'entrer dans ma chambre, Matéo descend le couloir, une housse à vêtements noire à la main.

— Bordel, ça veut dire quoi, tout ça ?! demande-t-il en secouant le costume.

— Habille-toi, dis-je d'un ton monotone. Celui qui célébrera le mariage sera là dans moins d'une heure.

Il s'arrête devant moi.

— Il vaut mieux que ce ne soit pas ce que je crois…

— C'est exactement ce que tu crois, dis-je en le regardant droit dans les yeux. Maintenant, fais ce que je dis et va te préparer.

— Putain, tu vas te marier avec elle ?! s'exclame-t-il.

Je me retourne vers la porte.

— Je n'ai pas le temps de t'expliquer en détail.

Il me saisit le bras.

— Tu as complètement laissé de côté cette partie du plan…

Regardant sa main qui m'empoigne l'avant-bras, je dis :

— Je ne veux pas te briser le nez deux fois en une semaine, surtout pas une heure avant mon mariage. Ça ne fera pas joli sur les photos.

Il me lâche et se masse la mâchoire.

— C'était ça le plan tout du long, n'est-ce pas ? Il n'a jamais été question de souiller Evie… Il était question de l'épouser.

— Si je te l'avais dit, aurais-tu été d'accord ?

— Putain, non !

Je souris.

— Et voilà ta réponse.

— Tu vas lui donner notre nom de famille, bordel !

Et comment, que je vais le faire ! Rien que d'y penser me fait monter le sang à la tête. « Evie Malan » sonne parfaitement juste à mes oreilles, mais Matéo ne semble pas l'apprécier de la même façon.

Posant une main sur sa nuque, je l'attire plus près de moi.

— Qu'est-ce que j'ai dit, à propos du fait de récupérer ce qui était à nous ?

— Que tu aurais le diamant, dit-il en grinçant des dents.

— Tout, dis-je en lui pressant la nuque. J'ai dit que j'aurais tout, et pas seulement ce que Warren nous a pris.

Il me repousse.

— Tu crois que Warren te le donnera si tu es son beau-fils ?

— Warren ne donnerait pas un bout de pain à un mourant, pas même si ce mourant était son frère, dis-je avec toute la haine que j'entretiens pour Warren.

— Alors comment ? demande Matéo en se mettant à rire. Tu prévois d'emménager là-bas puis de le voler ?

— Réfléchis, Mat. Je veux ruiner Warren. Je veux qu'il finisse ses jours dans la pauvreté. Ça, ça ne peut arriver que si je prends le contrôle de son business et de tout ce qu'il possède.

Il s'immobilise.

— Evie est la légataire universelle de Warren.

— Exact, confirmé-je avec un sourire sans joie. Mes hackers m'ont fourni quelques scoops : Warren a fait un mauvais investissement dans une mine qui a finalement révélé des diamants de qualité inférieure, et ses sous-sols se vident rapidement. Warren a mis en place une fiducie irrévocable et a désigné Evie en tant que bénéficiaire. Son avocat est le fidéicommissaire. Une façon intelligente de déplacer un gros paquet de son actif vers un fonds que ses créditeurs ne seront pas en mesure de toucher si son business venait à couler.

— Intéressant, médite Matéo. Quand est-ce que ce capital rapportera ?

— Ce capital pourra devenir accessible dans deux situations différentes. Soit l'argent sera disponible pour Evie à son vingt-cinquième anniversaire, soit les fonds seront transférés à son époux si elle se marie avant cet âge.

— Elle a vingt-quatre ans, dit lentement Matéo. C'est pour ça que Warren a signé le contrat avec les Stone… Il veut s'assurer qu'elle épouse Nathan avant son vingt-cinquième anniversaire afin que l'argent aille à Nathan.

— Exact là aussi. Il est dit que les fonds lui reviendront, mais Nathan bossera pour Warren. Ça fait partie du marché qu'ils ont conclu avant que le contrat de mariage ne soit signé. En tant que beau-fils et protégé de Warren, Nathan décidera de la façon dont le capital sera investi. À terme, le but est de fusionner les compagnies de Warren et Stone pour former une mégacorporation.

— Et Nathan aurait accepté, sachant qu'il héritera de tout lorsque Warren et son père mourront.

— Une partie serait revenue à Evie et au moindre enfant né de leur mariage, mais Nathan était destiné à prendre les rênes.

— Sauf que maintenant, la fiducie sera à nous. Le plan de mégacorporation de Warren sera fichu. Tu obtiendras les propriétés et l'argent qu'il a envoyés vers la fiducie, mais Evie héritera de tout le reste, y compris le diamant.

— Je me marie avec elle sous le régime de la communauté de biens. Tout ce qui sera à Evie sera à moi.

— Ce qui est à toi sera aussi à elle. Ça veut dire que tu ne pourras jamais divorcer.

— Je ne le ferai pas, pas s'il y a des enfants, et je m'assurerai qu'il y en ait.

— Pour continuer de transmettre notre nom de famille.

— Oui, dis-je avec une satisfaction perverse. Les enfants d'Evie porteront *mon* nom.

Je serre le poing.

— Je m'assurerai que Warren crève sans le sou, ajouté-je. Il ne connaîtra jamais ses petits-enfants. Quand il expulsera son dernier souffle, son nom mourra avec lui.

— C'était ton plan depuis toujours, commente Matéo. Il n'y aurait jamais eu d'échange.

— Warren n'aurait pas dû s'attendre à moins.

— Et les documents ? Tu as besoin du certificat de naissance d'Evie.

— Mon contact aux Affaires intérieures m'a obtenu tout le nécessaire.

— Putain…

Posant le sac sur une épaule, il se passe une main dans les cheveux en tournant sur lui-même.

— Bordel, Roman. Tu aurais pu me le dire !

— Tu aurais été d'accord avec ce plan ?

Il lance un coup d'œil vers la porte fermée de la chambre d'Evie.

— Et elle, l'est-elle ?

— À ton avis ?

— C'est mal. La renvoyer auprès de sa famille après avoir récupéré le diamant, c'est une chose. Mais la lier à toi pour la vie ? Impliquer des enfants dans tout ça ?

Mon ton se veut sévère :

— Tu crois vraiment une minute que Warren nous aurait donné le diamant ? Il serait entré en guerre pour la récupérer. Il aurait promis le diamant, la lune et le soleil, mais il serait revenu pour nous entuber. Le tuer est trop facile, tu es d'accord avec ça. Il doit souffrir.

— Oui, répond Matéo entre ses lèvres serrées.

— Dans une heure, quand Evie dira « Je le veux », nous consommerons notre mariage. Il n'y aura pas de retour en arrière. Le médecin lui a déjà injecté un traitement hormonal pour renverser l'effet de sa contraception. Elle pourra tomber enceinte à n'importe quel moment.

— Et si Warren te tue ?

— Warren n'osera pas tuer le père de l'enfant d'Evie. Il ne les laissera jamais, ni elle, ni l'enfant, aussi vulnérables et sans protection. De plus, il devra toujours te prendre en compte. Bref, il sera sans le sou et sans pouvoir longtemps avant que je ne lui donne la chance d'essayer.

— Ton plan entier repose sur une grossesse d'Evie. Tu as oublié un détail crucial, cependant : et si elle n'a pas envie que tu la mettes en cloque ?

Je ne réponds pas.

Sa colère escalade de nouveau.

— Tu ne vas pas lui donner le choix ? Roman, tu es un enfoiré de première !

— Tu vois un meilleur moyen ?

Tournant son visage vers le plafond, il y réfléchit

pendant trois secondes avant de me cracher d'autres mots au visage :

— Tu parles de détruire la vie de gens !

— Ce n'était pas ça, l'idée ?

— La vie de Warren, oui, pas la tienne ni celle d'Evie.

— L'idée de l'avoir mijote déjà en moi, dis-je avec un humour mal placé. Si je fais un effort, je peux la faire changer d'avis.

— Tu es absolument sûr de toi, n'est-ce pas ?

— Oui.

— Sois prudent, mon frère. Peut-être que tu ne connais pas les femmes aussi bien que tu le penses. Si tu fous un gosse dans son ventre, tu ferais mieux de t'assurer de la rendre heureuse. Je ne resterai pas à regarder sans rien faire un autre gosse souffrir des erreurs de son père.

— La faute ne revenait pas à notre père, il est tombé dans un piège. La faute revient à Warren.

— Exactement, dit-il en me clouant du regard. C'est à Evie que je fais référence, pas à toi ni moi. C'est elle qui paie pour les actions de son paternel. Je ne peux imaginer que ça la rende heureuse.

— Ne t'embête pas avec le bonheur de ma femme, dis-je d'un ton dur. C'est mon job.

— Je dis ça comme ça, dit-il avant de faire quelques pas pour retourner à sa chambre. J'espère que tu sais comment faire ton job.

Une fois qu'il est à l'intérieur et qu'il a refermé la porte, je prends une douche et me change pour enfiler un costume de cérémonie noir que mon tailleur a livré. Habillé d'un pantalon serré, d'une chemise blanche, d'une cravate noire, d'un gilet et d'une veste, je me contemple dans le miroir. Que voit Evie quand elle me regarde ? Le monstre avec tous les autres adjectifs qu'elle utilise pour décrire l'homme qui va la mettre dans son lit ? Peu importe comment tourne ce mariage, je serai un bon mari et un bon père. Je connais mes devoirs, et je ne me déroberai pas devant mes responsabilités.

Je boutonne la veste et glisse la rose blanche dans la poche. Remontant ma manche, je vérifie l'heure.

C'est le moment.

Après avoir pris la boîte renfermant les anneaux, je me rends à la chambre d'Evie. Je prends un moment pour composer le numéro d'Andrew, vérifiant que le célébrant est bien arrivé. Mon cousin a la même réaction que mon frère quand je lui raconte mon plan – mon *vrai* plan –, mais, comme Matéo, il admet que c'était la seule solution.

Cette fois, je frappe.

La styliste ouvre la porte et me dit, avec le sourire :

— Elle est prête pour vous, monsieur.

Je prends une liasse de billets de mon portefeuille et la lui tends. C'est vulgaire de conclure cette transaction dans un couloir, bien devant le visage de ma fiancée, mais je ne laisse jamais une trace écrite qui pourrait mener à moi.

— Vous connaissez la sortie, dis-je. Un garde va vous escorter.

Elle glisse l'argent dans sa poche, ramasse sa valise à maquillage et incline la tête en partant.

C'est seulement ensuite, quand nous sommes seuls, que je regarde Evie.

Elle se tient à côté du lit dans un nuage de blanc. Il est à peine onze heures, le soleil de cette matinée d'hiver crée un halo derrière sa tête. Étant donné la météo, j'ai choisi une robe à manches longues. Le corsage est en dentelle cousue main. Le dos est ouvert et la partie jupe est large. Je me suis assuré que la taille soit suffisamment ample pour ne pas irriter ses points de suture. Puisqu'elle ne peut pas porter de talons, j'ai opté pour des ballerines. Elle est mince. Vulnérable. Trop fine. Un souffle la renverserait. Elle doit prendre du poids, j'y veillerai. Elle ne peut pas porter un bébé dans son ventre si elle est en sous-nutrition.

Je traverse la pièce puis prends le bouquet de pois de senteur du lit. Les tiges sont recouvertes de soie et nouées avec un ruban. J'ai fait venir les fleurs par avion, cela a demandé un petit effort de les trouver. Le fleuriste a réussi à s'en procurer en Angleterre, où c'est l'été.

Je porte le bouquet à mes narines et inhale le parfum. L'odeur est douce, comme l'innocence et l'insouciance d'un mois d'avril. Je peux comprendre pourquoi Evie les aime.

Je sens son regard sur moi, mais son expression est cachée derrière le voile. Je ne peux que discerner le chignon élégant de ses cheveux sur sa nuque. Ce n'est pas plus mal… Je ne suis pas sûr que j'aimerais ce que je verrais.

Mettant fermement les fleurs dans sa main, je lui dis :

— Tu auras besoin d'elles.

Ces mots ont du sens à plusieurs niveaux ; elle aura besoin de cet accessoire pour nos photos de mariage, mais, si elle veut réussir sa nouvelle vie, il faudra aussi qu'elle saisisse la moindre jolie chose qui se présentera à elle.

15

CHRISTINA

Je regarde fixement les fleurs dans ma main.

— Tu n'es pas sérieux, là, Roman. Tu ne peux pas l'être...

— Je n'ai jamais été aussi sérieux de ma vie, répond-il d'un ton grave.

Mon pouls passe à la vitesse supérieure.

— Qu'espères-tu atteindre en faisant ça ?

Il m'étudie.

— Tu l'ignores ? Ton père ne te l'a jamais dit ?

Quelque chose flotte dans l'air, quelque chose qui me contracte l'estomac et qui ressemble trop à cette fois où tout le monde avait compris une blague sauf moi.

— Me dire quoi ?

Se rapprochant de moi, il médite.

— Il t'a vraiment laissée dans l'ignorance, n'est-ce pas ?

— De quoi tu parles ?

— J'ai exposé clairement mes conditions à ton père lorsque je lui ai proposé un contrat pour demander ta main.

Je le regarde bouche bée.

— Quoi ?

— Je lui ai dit que je voulais récupérer le diamant appartenant à ma famille. Il me le doit, ça et plus encore, dit-il avant de laisser passer quelques secondes. Il m'a tout pris. En retour, j'ai promis de tout lui prendre. Ses possessions les plus précieuses. Son business. Le diamant. *Toi*. Je te revendique en premier, Evie. Il savait que je t'avais dans mon viseur. C'est pour cela qu'il voulait te marier à Stone.

Je cligne des yeux, choquée, essayant d'assimiler ce qu'il est en train de dire. Bell était au courant depuis le début ?

— Tu as toujours été censée m'épouser, ma douce. Ça a toujours été notre destin.

Je lutte pour respirer. Les battements de mon cœur deviennent mous et mes paumes moites tandis qu'une horrible suspicion naît, accompagnée d'une nausée au creux de mon estomac.

— Quand ? demandé-je.

Je cherche de la main quelque chose à côté de moi pour supporter mon poids, et ma main finit par atterrir sur le dos d'une chaise.

— Il y a dix ans, quand j'en ai eu vingt-trois.

Il y a dix ans… J'en avais quinze.

Le sang quitte mon cerveau et descend jusqu'à mes pieds. Le monde tourne autour de moi. La seule chose qui me maintient debout, c'est de m'agripper à la chaise. La styliste a réparé mes ongles ; elle en a collé de nouveaux et les a vernis. L'un d'eux casse lorsque j'enfonce mes doigts dans le bois du dossier pour me retenir.

— Evie ? Tu as besoin de t'asseoir ?

Bell savait… Il savait que Roman Malan allait venir pour sa fille. C'est pour cela qu'il est allé frapper à toutes les portes des voisinages pauvres de Johannesbourg, en quête d'une personne qu'il pourrait acheter… Il m'a tendu un piège. Pendant dix longues années, il m'a entraînée pour ce moment. Il avait prévu de me trahir depuis toujours.

Peinant à respirer, je demande :

— Il savait que tu venais ? La nuit où tu m'as emmenée… La nuit où j'étais censée me fiancer ?

— Il aurait dû le suspecter… C'était stupide de sa part de ne pas le faire.

Tout cela prend sens, maintenant… L'hésitation d'Evie avant de partir pour la fête. Elle voulait dire quelque chose. Au final, tout ce qui est sorti de sa bouche, c'est « Tant pis ». Voilà avec quelle facilité elle l'a balayé d'un revers de la main, voilà le peu d'importance que j'ai. Ils savaient que si ça devait arriver, ce serait avant les fiançailles. C'est pourquoi Warren a facilité le kidnapping de Roman.

Warren l'avait toujours prévu… Quand il m'a

emmenée il y a dix ans, cette nuit-ci avait été son seul objectif.

Je n'ai jamais été un leurre.

J'ai toujours été la cible.

Putain…

Je me tiens le ventre, j'ai l'impression que je vais vomir.

Roman agrippe mon épaule.

— Toi et moi, ça devait se passer ainsi depuis toujours. Plus tôt tu l'accepteras, plus facile ce sera.

Respirant par la bouche, j'essaie de retrouver mon souffle. Roman va me tuer quand il découvrira la vérité ! Je parierai ma vie que Warren a déjà marié Evie et Nathan en secret. C'est comme ça que fonctionne le cerveau de Bell, c'est comme ça qu'il joue. Un vrai serpent.

Putain, Eden !

La voix de Roman se fait plus dure :

— Evie, respire !

Eden… Ma sœur.

Warren ne la protégera pas. Il a menti là-dessus comme sur tout le reste. Il l'a utilisée comme une épée au-dessus de ma tête. Roman me tuera et Eden sera livrée à elle-même.

Je me couvre la bouche d'une main sous le voile. Je ne sais absolument pas quoi faire… Je ne sais comment sauver ma sœur ni même me sauver moi. Je suis à court d'options, à court de plan.

Roman me prend par les épaules et me secoue.

— Ressaisis-toi. Ce n'est pas le moment d'être faible.

Non. Pas maintenant. Pas quand je n'ai pas de plan.

Jouer le jeu. Gagner du temps.

C'est tout ce que je sais faire. La seule stratégie qu'on m'a apprise.

Apportant de l'air à mes poumons, j'expire lentement. J'inspire, j'expire.

— Je vais bien.

Ses traits s'adoucissent.

— Si j'avais pu, je t'aurais donné quelque chose pour te calmer, mais j'ai besoin que tu sois lucide pour plus tard.

— Je ne veux pas de drogue.

Son sourire est approbateur. Encourageant.

— Brave fille.

M'offrant son bras, il dit ensuite :

— Nous devons y aller. Le célébrant nous attend.

Je place ma paume sur son avant-bras et marche à ses côtés machinalement, le corps comme engourdi et le cerveau éteint.

Je suis surchargée d'informations. C'est trop. Je ne parviens pas à les traiter. J'essaie de contourner le goût amer de la trahison, la sensation de ma propre stupidité, tout en trouvant un moyen de sauver la personne qui compte pour moi, la seule famille qu'il me reste.

Les murs et le sol disparaissent tandis que je flotte dans le couloir. C'est comme une expérience extra-corporelle.

Je suis perdue.

J'ai toujours été perdue, aussi longtemps que je me souvienne, mais Roman me retient au sol, me menant là où il veut que j'aille. Non, il s'assure juste que je ne m'enfuis pas.

Quand nous atteignons le salon, tout se déroule dans le flou.

Matéo et Andrew patientent à côté de la personne célébrant le mariage. Il y a des fleurs sur le manteau de cheminée, des cocktails dînatoires trop beaux pour être bus sur une table et du champagne maintenu au frais dans un seau à glace.

Le célébrant parle, je vois ses lèvres bouger, mais je ne l'entends pas.

Roman dit « Je le veux » et me glisse une alliance en platine à l'annulaire. Comme la bague de fiançailles, elle est trop grande d'une taille. Mes doigts sont plus fins que ceux d'Evie.

Le célébrant pose une question.

Roman me presse les doigts.

Je lève les yeux vers lui. Son expression est sombre. Dangereuse.

Ça arrive trop vite… Je tombe dans un trou, chute vers un destin tragique.

— Evie, dit-il, sa prise sur ma main devenant douloureuse.

Jouer le jeu.

C'est ce que je suis. C'est ce que je suis devenue.

— Evie, dit-il à nouveau, cette fois avec un avertissement dans la voix.

Ma poitrine me brûle. Ma gorge grossit sous les larmes. Je ne veux pas jouer ce rôle, je ne le veux plus. Je ne peux plus le faire.

Il passe un pouce sur ma joue, absorbant quelque chose de mouillé.

— Tout ira bien. Je prendrai soin de toi.

Non.

Quoi qu'il en soit, je suis morte.

Je le sais, mais je suis aussi étrangement indifférente à ce sujet. Ce qui me fait le plus mal, ce n'est pas la perspective de mon décès. C'est le temps perdu. La vie gâchée.

Non.

Arrête, Christina.

Elle n'est pas gâchée. Je passe le revers de ma main sur ma joue. Elle ne peut pas être gâchée. Je dois le faire, pour Eden. Elle ne vivra pas ma vie. Elle ne sera pas une ombre. Elle sera heureuse. Elle sera libre.

— Evie, dit de nouveau Roman, me prenant par le haut des bras et caressant mes épaules de ses pouces. Regarde-moi dans les yeux. Reste ici, avec moi.

Jouer le jeu.

Juste une fois de plus.

— Je le veux, dis-je, le monde s'effondrant sous mes pieds.

Roman pose fermement un anneau dans ma paume.

Matéo jure. Je le regarde. Pourquoi a-t-il l'air si furieux ? Si mécontent ? Est-ce que j'ai encore fait quelque chose ?

— Ici, ma douce, dit Roman. Garde les yeux ici.

Mon regard retourne à son visage.

— C'est mieux, dit-il d'un ton appréciateur.

— Je vous déclare maintenant mari et femme.

Quelqu'un dans la salle se met à applaudir bruyamment. Le fracas attire mon attention. Andrew. Il regarde Roman par-dessus ma tête, puis l'applaudissement meurt tout comme son visage s'affaisse.

Je chancelle sur mes pieds, je suis prise de vertige.

Quelqu'un dit :

— Vous pouvez embrasser la mariée.

Roman se tourne vers moi. Il baisse la tête.

Je crois que je vais vomir.

Il presse ses lèvres sur les miennes, chaudes et sèches, puis me murmure à l'oreille :

— Ce n'est pas obligé de mal se passer pour toi. Si tu me laisses faire, je peux te rendre heureuse.

Je m'écarte.

— J'ai besoin d'un verre.

Son beau regard se durcit, mais il me relâche et agite les doigts.

Pendant que Roman serre la main du célébrant, Matéo verse une coupe de champagne et me la tend. Je bois l'alcool d'un trait. Le goût énergisant des bulles brûle mon estomac vide, mais ma nausée s'arrange.

Quand je tends mon verre pour qu'on me resserve, Roman dit :

— Elle en a eu assez.

Matéo lance à son frère un regard mauvais.

Me prenant le verre vide des mains, Roman dit :

— Tu ferais mieux de manger quelque chose.

Ou sinon je serai bourrée, et il me veut lucide. Il veut mon consentement. Il ne me permettra pas de me cacher derrière le courage provoqué par l'alcool ou dans la peau de quelqu'un d'autre. Il ne me laissera même pas me cacher dans ma tête. Une vision cruciale me frappe de plein fouet : il ne veut pas seulement mon corps, il veut tout. L'argent et le diamant ne suffisent pas. Il veut également mes pensées, mon cœur et mon âme. Il veut Evie. Et je ne suis pas elle.

Je devrais le lui dire, mais je n'ai pas de plan. Je ne peux le laisser me tuer avant d'avoir garanti la sécurité de ma sœur. Le seul problème, c'est que je n'ai rien en échange… Ou peut-être que si. J'ai le savoir. Je connais Warren, je sais comment il opère. Durant les neuf années où j'ai pratiquement vécu dans sa maison, j'ai fait attention, j'ai regardé et écouté tout en me fondant dans le décor.

Cette pensée m'apaise. Elle me donne du pouvoir. Warren a fait une erreur : il m'a sous-estimée. Je sais comment il pense, il croit que j'ignore qu'il m'a trahie. Il croit que je cherche à gagner du temps comme ce qu'il m'a inculqué, croyant qu'il me sauvera et prendra soin d'Eden, alors qu'en réalité, que je survive ou non n'a aucune importance pour lui. Il prévoit que Roman ne découvre pas la vérité, pas avant que Bell n'ait posé un piège.

C'est ma monnaie d'échange, c'est avec ça que je négocierai.

Roman m'apporte une assiette de nourriture.

— Il est presque midi. Mange un truc.

Il prend mon bouquet et le pose sur la table.

L'assiette tremble dans ma main.

— Parce que j'aurai besoin d'énergie ?

Il baisse la voix :

— Je ne veux pas que tu t'évanouisses dans mon lit.

— Comme c'est attentionné, rétorqué-je avec un sourire ironique.

— Tu es ma femme. C'est mon devoir de prendre soin de toi.

Sauf que je ne le suis pas. Le mariage n'est pas valable. Il sera annulé avant la fin de la journée. Je ne sais même pas où Roman a dégoté tous les documents légaux requis pour un certificat de mariage. Mais là encore, c'est Roman Malan, y a-t-il quelque chose sur quoi il ne pose pas les mains ?

Il prend de petites bouchées de quiche de l'assiette et les amène à ma bouche. Par réflexe, j'ouvre mes lèvres, le laissant me nourrir. Il me tend un verre d'eau. Je le prends, reconnaissante du seul fait d'avoir quelque chose qui m'occupe les mains.

Matéo et Andrew s'approchent. Ils nous félicitent, m'embrassent sur la joue et serrent la main de Roman. Un homme vêtu d'un costume noir arrive avec un appareil pour prendre des photos. Nous posons devant la composition de lys blancs sur le manteau de cheminée.

Lorsque le photographe a pris des photos de nous seuls ainsi qu'avec le frère et le cousin de Roman, ce dernier insiste pour que je mange toute la nourriture sur mon assiette. Je fais ce qu'il dit, mais rien n'a de goût.

Après un autre verre d'eau, il me prend par le bras.

— Viens.

L'ordre reste suspendu, menaçant, dans l'air.

Matéo et Andrew nous regardent fixement alors que Roman me guide jusqu'aux escaliers.

On y est.

Serrant ma main dans la sienne, Roman me mène à sa chambre.

Je suis alors frappée par le fait que j'ignore quel jour nous sommes. J'ai perdu la notion du temps. Je ne suis même pas ici depuis longtemps… pas suffisamment longtemps. Mais mes pensées sont éparses.

Quand il s'arrête devant sa porte, je demande :

— Quel jour sommes-nous ?

Il me regarde longuement.

— Lundi.

— Okay.

J'avais besoin de le savoir. Je ne sais pas bien pourquoi… Peut-être un besoin humain primaire de connaître le jour de ma mort.

Ouvrant la porte, il me fait entrer à l'intérieur. Je passe le seuil, plongeant vers mon destin. Le premier pas est toujours le plus difficile. Entendre la clé tourner dans la serrure attire mon attention ; il ne nous enferme pas pour garantir notre intimité, il s'assure que je ne peux m'enfuir. Ma déduction se confirme quand il retire la clé et la fourre dans sa poche.

Il ne parle pas lorsqu'il s'approche de moi. J'en suis soulagée. Je ne veux pas de mensonge en cet instant, il y a déjà assez de tromperie entre nous. Je veux reporter la discussion aussi longtemps que possible.

Il pose les paumes sur mes joues, son pouce m'effleurant sous l'œil au passage. Sa main est large et chaude. Ayant besoin de consolation comme jamais auparavant, je presse mon visage contre elle. Il sourit et m'offre encore plus de réconfort en glissant un bras autour de ma taille pour me rapprocher et me serrer contre lui. Fermant les yeux, je le laisse mener la barque. Ça fait du bien.

— Je rendrai cela agréable pour toi, dit-il, me volant le mot de la bouche. Contente-toi de te détendre. Laisse-moi m'occuper du reste.

Je n'ai que vingt-cinq ans, mais je suis si fatiguée. Trop fatiguée pour prétendre ne pas l'être. Fatiguée de travailler si dur pour croire à mes mensonges. Pour une fois, je veux juste être moi. Juste pour cette fois, je ne veux pas observer le monde à travers la vitre d'une voiture. Je ne veux pas être quelqu'un d'autre quand j'entre quelque part. Je ne veux pas m'éclipser par la porte du fond et m'évanouir dans la nuit.

Juste pour cette fois…

Ne plus me cacher. Ne plus vivre dans l'ombre.

— Evie, dit-il en se reculant pour m'observer.

Je l'observe aussi. Ses yeux ne sont pas fermés mais grand ouverts, me permettant de voir. Les puits de son regard sont des kaléidoscopes d'émotions. Luxure. Désir. Victoire. Il a des prunelles si expressives ! Limpides et brillantes. Les prunelles de ceux qui ne perdent jamais le sommeil. Il me laisse entrer, m'amène plus loin dans ces puits captivants qui mènent à son âme et qui me rendent incapable de faire semblant. Avec lui, je ne peux être quelqu'un d'autre. Je ne peux être personne d'autre que moi.

Je ne le veux pas.

— Je veux que tu m'écoutes, dit-il, l'air sérieux. L'injection que t'a faite le médecin annule ta contraception. Le traitement est encore en phase de test, mais certaines femmes ont déjà fait l'expérience de résultats positifs.

— Tu m'as menti.

C'est une observation, pas une accusation. Je ne peux pas lui jeter la pierre : je suis une encore plus grande menteuse que lui.

Déployant ses doigts en bas de mon dos, il me caresse la colonne vertébrale du pouce.

— Je ne voulais pas te rendre nerveuse avec ça avant que ce ne soit nécessaire.

— Tu veux avoir un bébé.

— Oui, dit-il d'une voix douce.

La raison pour laquelle le médecin a fait des tests devient claire, c'était seulement pour déterminer si j'étais en bonne santé. Roman voulait aussi s'assurer que je n'étais pas enceinte. Si une grossesse survient, il veut savoir sans douter que le bébé sera le sien.

Mon esprit revient rapidement sur le passé, sur ce

jour où Bell a tiré sur Geoff, le garde d'Evie, car Geoff m'avait tenu la main. Ce n'était pas sexuel, il m'avait juste aidée à sortir de la voiture.

— Avoir un enfant est non négociable pour moi, dit Roman, me ramenant à lui, au présent. Tu n'auras pas à lever le petit doigt quand le bébé sera né, j'emploierai une bonne nounou. Nos enfants auront les meilleurs précepteurs. La meilleure éducation. Ils ne manqueront jamais de rien.

Comment ce sera de grandir dans cette maison ? Est-ce que ce sera une enfance heureuse, insouciante ? Je ne laisserais jamais un nouveau-né dans un monde dont je ne sais rien.

Ses doigts remontent ma colonne en l'effleurant.

— Si tu n'as pas d'objection, je prendrai ton silence comme un accord.

Je ne réponds pas. Dans un court instant, ça n'aura plus d'importance.

Il retire d'abord le voile. Puis il agrippe la fermeture de ma robe et la fait descendre. Il le fait avec une lenteur infinie, le bout de ses doigts m'effleurant le dos jusqu'au pli de mes fesses tandis qu'il écarte les pans de la robe.

Je devrais lui dire maintenant, mais il desserre le nœud de sa cravate, et le mouvement fluide avec lequel il la retire m'hypnotise. Mon regard se pose sur ses doigts agiles quand il déboutonne sa veste et s'en sépare d'un mouvement d'épaules avant de la jeter sur la chaise. Son gilet suit. Quand il déboutonne sa chemise, j'observe la scène également. Après avoir défait les manchettes, il se débarrasse du tissu, dénudant son torse puissant et son ventre plat.

Débouclant sa ceinture, il demande :

— Comment tu aimes ça, Evie ?

Je me concentre sur son visage.

— Comment j'aime quoi ?

— Le sexe.

Il retire ses chaussures à l'aide de ses pieds, enlève ses chaussettes et descend la fermeture de son pantalon.

— Brutal ? Doux ? Classique ? Coquin ?

— Je ne sais pas.

Un sourire se dessine sur ses lèvres.

— C'est une bonne réponse. Ça veut dire qu'on peut le découvrir ensemble.

Il abaisse son boxer avec son pantalon. Il est en érection, déjà. Énorme. Une pointe de panique envahit ma poitrine. Je me souviens comme ça fait mal.

Je devrais vraiment lui dire maintenant, mais je perds mes mots quand il marche nu vers moi.

— Tu te souviens de ce que j'ai promis ? demande-t-il, poussant les manches de ma robe sur mes bras. Je ne vais pas te faire de mal.

Il m'a déjà menti. Je n'ai aucune raison de le croire, mais je le crois.

Écartant la robe de mes points de suture, il l'abaisse doucement de mes hanches. Il maintient mon regard et la laisse tomber à mes pieds. Je m'agrippe à ses épaules pour garder mon équilibre tandis qu'il s'accroupit pour retirer mes chaussures. Ses mains caressent mes mollets et l'arrière de mes cuisses quand il se redresse. Je frissonne quand il prend mes seins. Quand il plonge une main à l'intérieur de ma lingerie française, je lui saisis le poignet.

— Roman, que fais-tu ?

Il lève un sourcil.

— Je te prépare. Je m'assure que tu mouilles.

Je me souviens de ce jour dans le couloir, quand il m'a fait jouir sans même retirer mes vêtements. J'ai envie que ça recommence. Je veux qu'il termine ce qu'il a commencé dans la cuisine. Je veux être libre.

Je relâche sa main.

Il l'enfouit plus profondément, recouvrant mon sexe nu. En un instant, il atteint son but. Mon corps réagit à son contact. Quand il tapote du bout du doigt mon clitoris, mes replis deviennent humides.

— Comme ça, dit-il d'une voix rauque, les yeux étincelant de victoire.

Il observe mon visage quand il m'écarte avec son doigt, lisant ma réaction dans mes yeux. Il ne fait pas passer son plaisir en premier, mais le mien. Comme il l'a promis, il s'assure que j'aime ce qu'il fait.

Il baisse la tête et plante un baiser au coin de mes lèvres.

— Tu en veux plus ?

— Si tu y vas lentement.

— Alors demande-le-moi.

Bientôt, il me détestera. Je ne joue pas, je ne joue plus, mais je lui mens encore. C'est mal, mais je veux que cette chose soit à moi. Je veux avoir un joli souvenir auquel m'accrocher. Cependant, je ne veux pas me servir de lui ; je sais à quel point ça peut faire mal.

— Tu as envie de ça ? demande-t-il en caressant mon clitoris avant de plonger en moi le bout d'un doigt.

La chaleur envahit rapidement mon bas-ventre. Fermant les yeux, je bascule la tête en arrière. Il m'attrape par la nuque, me soutenant tout en dessinant des cercles autour de mon clitoris.

— Tu as envie de ça ? demande-t-il à nouveau, sa voix infusée d'urgence.

La réponse s'échappe facilement de mes lèvres :

— Oui.

Il souligne ses mots :

— Alors demande-moi.

— S'il te plaît.

Il me tient contre lui tout en enfonçant son doigt en moi jusqu'à la jointure. Cette invasion soudaine me fait me dresser sur la pointe des pieds. Un cri de surprise s'échappe de mes lèvres. Ce qu'il m'a promis est en train de se produire. Je supplie et il s'exécute. J'ai perdu. Et pourtant, je ne peux pas faire autrement que de m'en moquer, pas quand perdre est une sensation si douce.

— Putain, dit-il contre mes lèvres, comme une prière. Tu es réactive. Tu étais faite pour mon toucher.

Arrête, Christina, avant qu'il ne soit trop tard.

Regrettant déjà ce que je vais perdre, je dis :

— Si tu savais la vérité à mon sujet, tu ne voudrais pas me toucher.

Avec rien d'autre qu'un grognement, il répond :

— Il n'y a rien qui puisse me dissuader de t'avoir maintenant.

Je serre les cuisses. Si, il y a quelque chose.

— Ouvre-toi à moi, dit-il, posant un genou entre mes jambes.

N'ayant pas le choix, je lui accorde de l'espace. Il ressort son doigt et le glisse de nouveau à l'intérieur. Quand il le courbe en moi pour caresser une zone sensible tout en frottant mon clitoris du talon de sa paume, je jouis. Tandis que mes muscles intérieurs se serrent autour de son doigt, il étale sa main libre dans mes cheveux et fait basculer ma tête en arrière. Il se penche vers moi et m'embrasse pendant mon orgasme. Je suis encore en train de me remettre de mon euphorie quand il me libère et s'affaire rapidement à dégrafer mon soutien-gorge et retirer ma culotte.

Il prend son temps pour me contempler, l'appréciation brûlant dans son regard tandis qu'il me dévore le corps des yeux. J'oublie de respirer. J'oublie tout quand il me porte dans ses bras et m'amène au lit.

C'est tout l'inverse de ce qu'était ma première fois. Il me place au centre et m'écarte la cuisse avant de me grimper dessus. Positionnant ma jambe sur ses fesses, il me montre ce qu'il veut. Je m'accroche à lui, m'appuyant contre son érection, qu'il presse entre mes jambes pendant qu'il m'englobe un sein et embrasse l'autre.

Mon désir est féroce, mais il prend son temps. Il mémorise la forme de mes mamelons avec sa langue et ses doigts avant de m'offrir ses lèvres de nouveau, m'embrassant doucement tout en m'entourant le visage de ses mains.

Mon souffle se fait agité lorsqu'il place le bout de sa verge à l'entrée de mon intimité et qu'il en sépare les replis d'un coup de hanches. Je mouille tellement qu'il se glisse sans effort. L'étirement n'est pas douloureux, la façon dont il me remplit est agréable. Il abandonne mes lèvres et pousse sur ses bras pour remuer à l'intérieur de moi, dans un doux rythme. Même avec l'espace qu'il y a entre nous, il ne lâche rien : il maintient mon regard et me montre ce que je lui procure, m'accordant ainsi du pouvoir.

Quand il accélère la cadence, il réveille de nouvelles terminaisons nerveuses dans mon corps. Mon plaisir grimpe de nouveau, mais c'est différent, cette fois, c'est plus profond, plus intense. Je bloque mes chevilles derrière son fessier et lève mes hanches pour accompagner ses poussées.

Glissant une main sur ma hanche non blessée, il caresse ma cuisse.

— Je vais jouir, dit-il d'une voix brute. En toi.

Ces seuls mots déclenchent mon orgasme. À l'effleurement suivant de son pelvis contre mon clitoris, la jouissance contracte mes muscles.

Son corps se serre contre moi. S'enfonçant profondément, il met sa bouche contre mon oreille.

— Evie, dit-il en frémissant.

Le nom sur ses lèvres est douloureux.

— Evie, répète-t-il, se vidant à l'intérieur de moi.

Pour la première fois depuis des années, j'ai très envie d'entendre mon propre nom. Même si c'est moi qui suis présente en cet instant, je suis toujours quelqu'un d'autre pour lui, la fille d'un homme riche, quelqu'un qui peut lui procurer ce qu'il veut, pas une gamine issue d'une famille pauvre.

Son monde et le mien sont deux univers à part. Les hommes comme lui se marient pour le pouvoir et tuent pour le plaisir. Quand il découvrira que je lui ai menti, il n'hésitera pas à mettre un flingue sur ma tête. Même si tout n'est pas faux… Mes sentiments ne le sont pas. Ce qu'il me fait ressentir est réel. Et voilà que la liberté que je recherchais dans le plaisir qu'il m'a offert fait de moi une prisonnière. Sa prisonnière. Les barreaux qui me gardent captive ne sont pas physiques, ils sont bien plus efficaces.

S'écroulant sur moi, il s'allonge sur le côté et m'emporte avec lui sans rompre notre contact, s'assurant que je repose sur mon côté non blessé.

Il met ses bras autour de moi et dit :

— Ferme les yeux.

J'ai gardé les yeux fermés trop longtemps. Me libérant de son étreinte, je quitte le lit. Il n'essaie pas de m'arrêter mais suit mes mouvements d'un regard sombre.

Être nue me rend trop vulnérable. Je ne peux pas faire ça comme ça. Prenant sa chemise sur la chaise, je l'enfile et la boutonne. Les pans m'arrivent aux genoux. Je remonte les manches en les roulant, inhalant l'odeur masculine provenant du tissu. Mon chignon est lâche, mes cheveux tombent sur mes épaules. Je n'écarte pas les mèches qui me recouvrent le visage, je veux me cacher derrière le voile qu'elles me procurent. Cependant, je ne peux cacher mon cœur. En cet instant, je sais avec une clarté surprenante que même si je crois encore que Bell pourrait me secourir, je n'enverrais pas Roman dans ce piège. Je ne pourrais jamais l'envoyer vers la mort.

Se mettant sur le coude, il fait reposer sa tête dans sa main.

— Tu as belle allure dans mes fringues. Je te l'ai déjà dit.

Son visage s'anime.

— Mais je ne t'avais pas dit que tu étais encore mieux quand tu ne portais rien.

— Roman…

Je froisse le bout de la chemise dans mes mains.

— Evie, dit-il d'un ton léger.

Après ce que nous avons fait, être appelée par *son* prénom me paraît mal. C'est mon propre fait, ma propre faute. Je ne peux simplement pas m'empêcher de ressentir ça.

L'inquiétude s'inscrit sur son visage. Il s'assied.

— Qu'est-ce qui ne va pas ?

Je marche jusqu'au bord du lit.

— Je veux un cadeau de mariage.

Son sourire est amusé.

— Tu exerces déjà tes droits conjugaux ?

Comme je ne retourne pas son sourire, celui-ci s'évanouit. Il tend la main.

— Viens là.

Je ne réagis pas.

Se levant du lit, il enfile son pantalon et marche jusqu'à moi.

— Peut-être que tu peux prendre ce verre maintenant. Plus d'alcool, j'en ai peur, précise-t-il, son regard posé sur mon ventre. Pas si…

Pas s'il essaie de me mettre enceinte.

— Je ne veux pas boire.

— J'ai une infusion bio de concombre et de menthe. Je vais t'en faire préparer. Ce n'est pas du champagne, mais…

— Roman, le coupé-je. Je n'ai pas soif.

Il fait un pas, s'arrêtant si près de moi que je dois lever la tête pour le regarder dans les yeux.

— Je sais que ça fait beaucoup, dit-il. Nous avons besoin de temps pour apprendre à nous connaître. Quand j'annoncerai la nouvelle de notre mariage à ton père, nous prendrons des vacances. Nous pouvons partir en lune de miel !

Il fait des efforts. Ça ne rend mon aveu que plus difficile.

— Je ne veux pas de lune de miel.

Me prenant les mains, il me demande :

— Que veux-tu ?

— Je veux que tu laisses partir les hommes.

Il me regarde calmement.

— Ils ont des familles, dis-je.

— Très bien, en convient-il lentement. Si c'est ce que tu veux, je les libérerai.

— Promets-le-moi.

Caressant les jointures de mes doigts de son pouce, il répond :

— Je le promets.

— Sur la tombe de tes parents.

Il fronce les sourcils.

— Je ne briserai pas ma parole.

— Il y a trop de mensonges entre nous.

— C'est juste. Tu n'as pas à t'inquiéter. Je les renverrai auprès de Warren.

— Quand ?

Son sourire est celui d'un filou.

— Nous allons devoir travailler sur notre confiance mutuelle. Mais ce soir, repos, dit-il avant de me tirer vers la salle de bain. Si tu ne reviens pas dans le lit, prends une douche avec moi. J'ai dix produits à la vanille différents.

Comme je reste derrière, il s'arrête.

— Evie ?

— Je veux passer un marché.

— Un marché ? demande-t-il, l'air amusé.

Prenant une grande inspiration, je rassemble tout le courage que je possède.

— Oui.

— Quel genre de marché ?

Je retire ma main de la sienne.

— J'ai besoin d'une autre de tes promesses. J'ai besoin que tu me garantisses que tu prendras une femme sous ta protection, quelqu'un qui compte profondément pour moi.

— Si tu t'inquiètes au sujet de ta mère…

— Ce n'est pas ma mère.

Il me regarde d'un air curieux.

— Qu'est-ce que cette protection est censée impliquer ?

— Je veux que tu t'assures qu'on prendra financièrement soin d'elle et qu'on veillera à sa sécurité. Pour le restant de sa vie.

Il croise les bras.

— Je suis intrigué. Qui est cette femme ?

— Promets-moi d'abord.

— Tu as mentionné un marché, dit-il, me regardant avec une attention extrême. Qu'est-ce que j'aurai en échange ?

— Ta vie.

Ses yeux se plissent, toute allégresse envolée.

— De quoi tu parles ?

— Promets-moi.

— Si c'est un jeu…

— Ce n'est pas un jeu.

Il élargit sa posture.

— Bien. Tu es dure en affaires, chère épouse, alors mieux vaut que ça en vaille le coup. Quel est le nom de cette femme ?

— Eden Brooks. Elle est mineure. Bell a possiblement demandé à quelqu'un de prendre soin d'elle pendant mon absence. Numéro 43, Second Avenue, Linden.

— Qui est-elle ?

Je déglutis.

— Ma sœur.

Son regard s'étrécit une autre fraction de seconde.

— Ta sœur ? De quoi tu parles ?

Je me tiens droite, tente de me montrer courageuse.

— Je ne suis pas qui tu crois que je suis.

Mais ce n'est qu'une façade, car ma voix vacille.

— Je ne suis pas Evie Warren. Mon nom est Christina.

Un horrible silence envahit la chambre. La violence rend la couleur roussâtre de ses yeux un ton plus sombre.

— Comment ça, tu n'es pas Evie ?

— Je suis son double. Warren t'a tendu un piège. À cette heure-ci, Evie et Nathan vont se marier. Bell a déjà Max Stone de son côté. Il posera un piège. Quand tu iras le rencontrer, il te tuera.

Les rages les plus calmes sont les plus effrayantes. La peur me tord le ventre tandis que Roman me fixe pendant de longues secondes. Un volet se referme devant ses yeux. Il ne me laisse plus entrer, mais je sais qu'il réfléchit à mes mots. Je sais qu'il doit passer par l'incrédulité et la sensation d'amère trahison avant que la colère ne s'installe. C'est ce que j'ai ressenti quand il m'a dit qu'il avait proposé un marché à Bell il y a dix ans.

Je sais exactement à quel moment la haine arrive. Son regard devient dur. Son visage se tord sous un masque de fureur. Et pourtant, sa voix est sinistrement douce quand il dit :

— Ton boulot était de me duper.

Il avance vers moi.

— Ton boulot était de jouer et de donner du temps à Warren pour que le mariage ait lieu.

Je bats en retraite jusqu'à ce que mon dos heurte le mur. Je veux lui dire qu'il ne s'agissait pas de ça, mais brutalement, avant même que je puisse ouvrir la bouche, il pousse un cri et lève le bras. Je ne recule pas. Je me tiens prête pour sa violence, mais au lieu d'abattre son poing sur moi, il l'écrase sur le mur à côté de mon visage.

Comme la première fois où il a frappé le mur au lieu de me frapper moi, son emportement me fait sursauter.

Saisissant mon biceps avec une force douloureuse, il me tire jusqu'à la porte.

— Attends, Roman, dis-je, freinant de tout mon poids.

Il me fait traverser la pièce comme si je ne pesais rien.

— Ne prononce pas mon nom !

Prenant la clé dans sa poche, il déverrouille la porte et continue de descendre le couloir. Je dois courir pour ne pas trébucher. Dans l'escalier, je n'arrive pas à suivre ses foulées colériques. Je tombe, atterrissant sur les fesses, mais il ne s'arrête pas pour me laisser me remettre debout. Il me traîne comme un sac-poubelle dans le hall jusqu'à l'arrière de la maison.

Je sais déjà vers où nous nous dirigeons avant qu'il ne s'arrête devant la porte de la cave pour taper un code sur le panneau électrique contre le mur.

Aujourd'hui, il n'y a pas de garde. Peut-être a-t-il pensé que ce n'était pas nécessaire, vu que j'étais devenue sa femme.

Non, pas sa femme. Sa fausse femme.

— Tu es une sale putain, dit-il, me forçant à descendre les escaliers. Une traîtresse.

Le froid se précipite vers nous, transformant mon corps en bloc de glace. Les hommes de Warren se mettent debout quand Roman me fait passer devant leur cellule en me traînant.

Déverrouillant la dernière porte en fer, il me pousse dans la troisième cellule. L'élan me fait perdre l'équilibre. Je trébuche, finis à quatre pattes. Il se jette sur moi en un éclair, son poing me tenant par les cheveux pour me mettre à genoux. Il tire fort, renversant ma tête et me forçant à le regarder dans les yeux. Le dégoût dans son regard m'est destiné. Il veut que je le voie.

— Tu es une bonne actrice, dit-il, les narines dilatées. Une menteuse parfaite et une petite tricheuse très futée.

Quand il me relâche, je m'écroule.

Reculant d'un pas, il retire sa ceinture des boucles de son pantalon. Je sais ce qui va arriver avant même qu'il ne fende l'air avec la lanière en cuir et ne la fasse claquer contre le sol à côté de moi.

— Dis-le ! hurle-t-il. Tu vas avouer tes mensonges à genoux et supplier mon pardon pendant que tu me baises les pieds, ou je te jure que je vais te tabasser !

Je lèche mes lèvres sèches. Je tremble, pas seulement

de peur, mais aussi de froid. Le but de sa vie et sa vengeance minutieusement élaborée ont été ruinés. Tout ce que je peux offrir, c'est :

— Je suis désolée.

Il profère un autre cri avant d'abattre de nouveau la ceinture, cette fois plus près de mon corps. Il tremble, mais pas de froid. Sa colère brûle en lui comme sur sa peau.

— Putain ! dit-il en se passant une main dans les cheveux.

Il marche en cercles dans la cellule, serrant et desserrant un poing pendant qu'il tient fermement la ceinture de l'autre.

Il grince des dents, m'accorde un dernier regard avant de sortir d'un pas raide de la cellule, de claquer la grille et de remettre le verrou en place. Un moment plus tard, le son d'une clé tintant dans une serrure résonne. Le métal claque contre la pierre.

— Sortez de là, dit Roman d'une voix qui me semble étrangère.

Des bruits de pas résonnent sur le sol. Il laisse les hommes partir. Il tient sa promesse.

— Toi aussi.

— Non, répond Numéro Deux. Si elle reste, moi aussi.

— Comme tu voudras, dit Roman.

Ses pieds nus ne font pas un bruit sur le sol. Seul le claquement de la porte en métal à l'étage annonce sa sortie.

Mes forces m'abandonnent. Je m'affaisse au sol,

rapprochant mes genoux de ma poitrine. Il fait si froid que ça fait mal… L'humidité n'aide pas, elle enveloppe ma peau et imprègne la chemise que je porte. En quelques secondes, le tissu devient aussi rigide que du carton. Mon souffle fait de petits nuages devant ma bouche. Le sol glacé me pique la peau. Après une autre seconde, mes dents commencent à claquer.

— Lève-toi et remue, dit Numéro Deux.

Je tremble tellement qu'il est difficile de faire coopérer mes jambes. Me frottant les bras, je marche en rond, mais bouger est douloureux. Il ne s'agit pas seulement de mes pieds, c'est une douleur ancrée dans l'os, peut-être un manque de flux sanguin.

— T… Tu aurais dû partir qu… quand tu en as eu l'occasion, dis-je.

— Tu as passé un marché, n'est-ce pas ? C'est pour ça qu'il nous a laissés partir.

— I… Il sait. C'est… C'est fini.

— Remue-toi.

— P… Peux pas. J'ai s… si froid.

— Je sais, dit-il avec compassion. Je tiens ma veste entre les barreaux, tu la vois ?

Rien que de tourner la tête me demande un gros effort.

— N… Non.

— Je vais essayer de la jeter.

— N… Non, dis-je en serrant encore plus fort mes bras contre ma poitrine. S… si elle tombe t… trop loin…

Je ne parviens même pas à finir ma phrase, je suis trop gelée pour parler.

— Ç… Ça fait mal.

Je n'aurais jamais cru que le froid pouvait être aussi douloureux.

— Je sais.

M'adossant au mur, je pèse de tout mon poids sur mes talons. Le sol glacé me brûle les pieds. J'ai l'impression qu'ils pourraient tomber.

— Mon nom, c'est Tom.

Tom. Je laisse cette information faire son chemin. Je ne l'ai jamais considéré comme un Tom.

— O… Christina.

— Christina, répète-t-il. C'est un joli nom.

— M… Merci, dis-je en posant la tête contre le mur avant de fermer les yeux.

Ce n'est pas pour le compliment que je le remercie. C'est pour m'avoir donné quelque chose, pour m'avoir donné un nom afin que je n'aie pas à vivre ça seule.

— De rien.

La souffrance est si forte, si forte…

— Christina ?

— J… J'ai mal.

— Ferme les yeux. Pense à un endroit chaud, un endroit où il y a beaucoup de soleil.

— L… La plage.

— C'est bien. Ouais, la plage. Sens les rayons du soleil sur ta peau, sens-les te réchauffer en profondeur.

J'ouvre les yeux. Nous sommes allés une fois à la plage quand j'étais petite. Nous avions loué une caravane. Elle était garée à l'endroit où l'herbe laissait place au sable. C'était avant la naissance d'Eden. L'air était moite, sentait constamment le sel. Mon père me portait sur ses épaules jusqu'aux piscines naturelles. Je cherchais des coquillages pendant qu'il pêchait. Il vidait et nettoyait le poisson avant de le faire griller sur le feu, juste là, sur la plage.

— Viens là, Chrissy. Viens. Va rincer le bol dans l'eau. Ne grimpe pas sur les rochers. La marée monte.

Son visage est plus jeune et sa peau a une teinte bronzée qui respire la santé.

— L… L'eau est f… froide.

— Tu vas t'y habituer, Chrissy. Tu es une fille courageuse.

— Christina ? Christina, parle-moi. N'arrête pas de parler.

— P… Papa ?

J'ai un grand sourire. Un goût de cuivre m'emplit la bouche. Pourquoi me suis-je mordu la langue ?

Quel jour sommes-nous ?

Lundi, répond Roman.

— Christina !

— Chrissy.

Tu es venu, papa.

— Ce n'est pas une bonne journée pour mourir, Chrissy.

— Christina, parle-moi, bon sang ! Reste avec moi ! Ne t'endors pas !

Finalement, ça s'arrête. Je ne ressens pas la douleur. L'eau n'est pas froide, plus froide. Elle est noire et chaude, accueillante. Je m'enfonce plus profondément, laissant la marée me prendre. Prendre les souvenirs. Je dérive sur le dos, gardant les yeux ouverts. Le ciel est d'un noir éclatant.

Je suis libre.

C'est une bonne journée.

16
ROMAN

La bouteille me glisse des mains et s'écrase au sol. Putain. C'était mon meilleur scotch ! Je trébuche en allant au bar chercher une autre bouteille et ne me rattrape que de justesse.

La porte s'ouvre. Matéo entre, encore vêtu de son costume de mariage.

Elle a ruiné mon plan, l'œuvre de toute ma vie. Evie… Non, Christina.

Je pointe un doigt sur mon frère avant de saisir une nouvelle bouteille.

— Retire ce putain de costume.

Il regarde le verre brisé et l'alcool répandu sur le sol.

— Que se passe-t-il ? Le garde a dit que tu avais laissé partir les hommes de Warren.

— Je l'ai promis à Evie, dis-je avant d'éclater d'un rire sourd. Non… Pas Evie. Christina.

Je fais la moue. Matéo contourne le verre brisé et me prend la bouteille des mains.

— Mais de quoi tu parles, putain ? Où est Evie ?

Je pointe le doigt en direction de la cave.

— En cellule. Elle a menti. Elle n'est pas Evie.

Il pose la bouteille sur le comptoir.

— Tu as trop bu. Ce que tu dis n'a pas de sens. Prends une douche froide et dessoûle. Ressaisis-toi. Tu n'es pas seul, Roman. Tu as une famille à prendre en compte désormais.

— Nous ne sommes pas mariés.

J'appuie les mains sur la table de billard et baisse la tête.

— La femme que j'ai épousée est le double d'Evie Warren. Warren m'a piégé.

— C'est quoi ce bordel ?

— Ouais, dis-je en ricanant à nouveau. On s'est joué de moi.

— Le fils de pute…

Je lève la tête. Le visage de mon frère est orienté vers le plafond, et ses mains sont sur ses hanches. Il digère l'information, essayant d'y trouver un sens, comme moi il y a quelques minutes.

— Il l'a payée ? finit-il par demander en me faisant de nouveau face. Il l'a payée pour se faire kidnapper ? C'est tordu !

— En quoi ça m'intéresse ?

Mais ça m'intéresse… Entre le moment où je l'ai enlevée et celui où j'ai couché avec, j'ai cessé de la détester. J'ai commencé à la voir différemment. À la respecter. À l'apprécier. C'est ça, le vrai problème.

Je l'aime bien.

— C'est pour ça que tu l'as enfermée au sous-sol ? Pour la tuer ?

Serrant les poings, je lutte contre un autre déferlement de colère qui me torpille.

— Je n'ai pas encore décidé.

— Elle porte un manteau ?

Je le regarde.

— J'ai traîné cette petite arnaqueuse du lit direct après qu'elle m'a entubé, qu'elle m'a menti en me regardant dans les yeux. Alors non. Je ne me suis pas arrêté pour poser un manteau de fourrure sur ses épaules. Elle porte ma chemise.

Ma chemise… Elle lui allait bien, mais elle a menti. Elle m'a dupé. Tout n'était qu'une escroquerie. Je frappe du poing le feutre de la table.

— Je devrais la tuer, putain !

— Très bientôt, tu n'auras plus à le faire. Il fait moins cinq degrés là en bas, et je ne parle même pas de l'humidité. Son corps n'a aucune graisse. Elle est probablement déjà morte.

Entendre ça éradique ma colère. Cette pensée gratte mon âme comme on retire la viande autour d'un os. Elle me laisse vide, en souffrance, comme un homme qu'on a torturé.

— Il faut que tu dessoûles. Si Warren a posé un piège, on doit se tenir prêts.

Il a raison.

— Prends une douche, continue Matéo en se dirigeant vers la porte. Je vais prévenir Andrew.

Je dois la tuer, mais je ne peux pas. Je ne peux pas, putain, et c'est sa faute !

Proférant un cri de furie, je frappe la table du poing. Mes articulations saignent depuis un moment, mais je ne ressens pas la douleur. Je n'ai pas non plus ressenti le froid quand je l'ai emmenée là-bas, j'étais trop consumé par ma colère. Je le suis encore, mais je suis également assez lucide pour réaliser ce que j'ai fait.

Tournant les talons, je me précipite vers le sous-sol. La porte du haut n'est pas verrouillée. Elle claque contre le mur quand je l'ouvre. Le silence qui m'accueille est de mauvais augure. L'unique ampoule jette une faible lumière sur le sol. Elle se déploie de façon presque angélique dans la sombre prison, comme un beau mais sinistre présage.

En une seconde, je suis sobre et transi de froid.

L'urgence propulse mes pas. Je tombe presque en bas des marches.

L'homme de Warren, celui qu'elle appelait Numéro Deux, est assis dos au mur, sa tête enfoncée entre ses épaules.

Il lève les yeux quand je passe.

— Tu arrives trop tard.

Je n'écoute pas, car si je le fais, je serai inutile. Je prends la clé suspendue au mur. Mes doigts sont engourdis, le froid les rend maladroits. Je fais tomber la clé. Le froid transperce la semelle de mes chaussures et me poignarde la poitrine. Je me penche pour ramasser le porte-clés et le fais tomber une fois de plus avant de réussir à l'avoir bien en main.

Mon cœur fait un bruit sourd dans ma cage thoracique. Je passe devant la seconde cellule et m'arrête devant la troisième. Christina est étendue au sol en position fœtale, roulée en boule. Elle ne tremble pas. Elle ne bouge pas.

J'éteins mes émotions, c'est ce dont j'ai besoin pour agir efficacement. Sans ça, je ne pourrais pas fonctionner. Je déverrouille la grille. La laissant ouverte, je me précipite au sol et tourne son visage vers moi. Ses lèvres sont bleues, et sa peau pâle est si blanche qu'elle ressemble déjà à un fantôme, mais il y a un pouls dans ses veines, là où je presse deux doigts sur son poignet. Il est faible, mais il y a de la vie.

La prenant dans mes bras, je regagne le couloir en courant. Il y fait plus chaud, mais ça ne suffit pas. Son corps est sous le choc. Je fonce vers ma chambre à coucher, l'air me brûle les poumons quand je la pose sur mon lit et recouvre son corps glacé avec le mien avant de rabattre la couette sur nous.

— Reste avec moi, Christina, lui ordonné-je en lui frottant les bras, le côté non blessé et les cuisses, la moindre partie que je suis capable d'atteindre.

On frappe à la porte. Matéo passe la tête par l'encadrement.

— Que fais-tu ? Andrew attend dans la salle de jeux.

— Appelle le médecin ! ordonné-je d'un ton mordant.

— Déjà fait, dit-il calmement. Il sera là dans cinq

minutes.

Je lui jette un coup d'œil. Il me connaît mieux que je ne le pense.

La peau d'Christina n'est plus un bloc de glace, mais elle a encore froid et ne bouge pas. Je me mets à califourchon sur elle, croise les mains sur son cœur et appuie. Un, deux, trois. Pause. Un, deux, trois. Je continue jusqu'à perdre le compte. Matéo est parti, mais je ne suis qu'à moitié conscient de ce qu'il se passe autour de moi. Toute ma concentration est tournée vers la femme en dessous de moi.

Si je l'ai tuée…

Un, deux, trois. Pause.

Je porte mon oreille à ses lèvres et écoute. Son souffle est léger, mais, tout comme son pouls, il est là. Je ne perds pas de temps à déboutonner sa chemise ; je la déchire sur le devant et la lui arrache du corps. Pressant nos poitrines nues l'une contre l'autre, j'essaie de la réchauffer avec la chaleur de mon corps.

— Allez ma douce. Ouvre les yeux. Tu peux le faire.

Deux minutes, et ses cils s'agitent. Le soulagement m'envahit. C'est si merveilleux que j'en deviens faible.

Elle remue.

— Tu vas bien, lui dis-je avant de lui embrasser le sommet du crâne. Tout ira bien.

— Le médecin est là, s'exclame Matéo à la porte.

— Apporte une autre couverture.

Matéo retire le jeté du dos du canapé, détournant le visage avec égard tandis que je m'écarte sur le côté de la couette pour couvrir nos corps.

Le médecin entre, sa mallette à la main.

— Hypothermie, dis-je au médecin.

Me jetant un bref coup d'œil, il déclipse sa mallette.

— Matéo m'a mis au courant. Écartez-vous. Laissez-moi la regarder.

Je le fais, avec tant de réticence…

Elle ouvre les yeux quand le médecin la recouvre d'une couverture de survie. Ces étendues de jade sont ce que j'ai vu de plus beau. Je n'ai jamais été aussi reconnaissant de ma vie. Le diamant et tout ce pour quoi j'ai travaillé si dur dans mon envie de reconquête paraît vide de sens face à ce que j'aurais pu perdre, à ce que j'ai failli détruire. Je me fiche qu'elle soit une traîtresse. Je n'aurais pas pu me regarder en face, pas après ça.

— Roman, dit-elle, prononçant mon nom comme si elle posait une question.

Je me force à sourire. Je ne lui ai pas pardonné. Je doute pouvoir le faire, mais la tuer aurait été pire.

— Pourquoi m'as-tu ramenée ? murmure-t-elle, des larmes dans ses yeux rendant leur vert plus lumineux encore.

La tuer aurait été pire pour moi. Pour elle, il semblerait que non.

Le médecin prépare une aiguille hypodermique et vide une fiole avant de lui injecter. Je baisse les yeux vers elle, remarquant les différences : son visage de forme ovale, son nez plus fin, ses lèvres plus pleines, ses yeux verts plus brillants. Ses courbes moins prononcées et son corps trop mince. J'aurais dû comprendre… Si je n'avais pas été consumé par le désir et le triomphe, je l'aurais fait, mais mon esprit est embrouillé depuis le moment où je l'ai poussée contre ce mur crasseux dans la ruelle.

— Tout le monde dehors, dit le médecin.

Je regarde autour de moi. Matéo se tient encore là, assistant aux bons soins du docteur, l'expression grave.

Je ne partirai pas avant de savoir.

— Est-ce qu'elle…

— Elle se remettra, répond le médecin d'une voix rauque et agacée.

Je ne suis pas content de moi non plus.

— Viens, dit Matéo. Il faut qu'on parle.

Jetant un dernier regard à Christina, je le suis jusqu'à la salle de jeux. Le verre brisé et l'alcool renversé ont été nettoyés. Andrew s'en est occupé. Matéo a dû le briefer – encore –, car il me donne une bouteille d'eau.

Je la débouche et en bois la moitié d'un trait.

Matéo croise les bras.

— Qu'est-ce qu'on fait ? Est-ce qu'on attaque et tue Warren ?

J'y réfléchis.

— Non.

Ce serait encore trop facile.

— J'ai vérifié avec ton contact des Affaires intérieures, dit Andrew. Christina n'a pas menti, Evie et Nathan se sont mariés avant-hier. Ils ont gardé le secret.

Je serre les dents.

— Warren a déjà aligné ses forces avec celles de Stone, intervient Matéo. Tu aurais dû nous parler du fonds fiduciaire. C'est public, maintenant. Nathan contrôle l'argent.

— Mais Warren tire encore les ficelles, dit Andrew.

Sa supposition est juste.

— Tout ce pour quoi on a travaillé, dis-je en m'empoignant les cheveux, tout ce qu'on a prévu a été ruiné.

Je déteste l'admettre, mais…

— Warren avait un temps d'avance sur nous.

— Si nous n'allons pas le tuer, quel est le plan ? demande Matéo.

J'y réfléchis. C'est étrange comme tout ce qui comptait hier compte moins aujourd'hui. Le plus important pour moi désormais repose à l'étage, dans mon lit. Elle m'a neutralisé en beauté. Un rire éclate dans ma poitrine. Putain, elle est si douée ! Elle m'a tué comme aucun homme ne pouvait le faire, et je n'ai absolument rien vu venir !

— Roman ? interroge Andrew, l'air inquiet.

— Warren doit souffrir, dis-je. Personne ne le tue tant qu'il n'est pas aussi détruit que notre famille l'a été à cause de lui.

— Comment ? demande Andrew en faisant un vague geste du bras. Notre plan a foiré. Evie est déjà mariée.

— Tu te souviens de cette mine que tu as mentionnée ? s'exprime Matéo. Celle dans laquelle Warren a investi et qui est en train de se vider ?

Un grand sourire illumine son visage.

— Eh bien devinez quoi : il y a une rumeur disant que l'un des bons amis de Warren s'est approprié le gisement de diamant et a fait accuser de vol l'homme qui l'a réellement trouvé.

— Quel ami ? demandé-je, piqué par la curiosité.

Matéo baisse la tête et soutient mon regard.

— Harold Dalton.

Intéressant !

— Harold Dalton, comme celui des Diamants Dalton ?

Matéo sourit.

— Le seul et unique.

Un magnat du diamant, l'un des plus gros joueurs dans l'industrie.

— Donc Dalton s'est approprié la découverte… Qui est le malchanceux qu'ils ont accusé ?

— Un dénommé Damian Hart, informe Matéo.

— Je n'ai jamais entendu parler de lui.

— Il purge une peine à la prison de Johannesbourg, et, selon notre informateur interne, il s'est fait un nom grâce à ses poings. Il est devenu ami avec les bonnes personnes à l'intérieur et il se fait respecter à l'extérieur.

Rétrécissant le regard, je demande :

— Tu suggères quoi ?

— Warren est l'une des parties prenantes de cette mine. Apparemment, Hart veut la même chose que nous, ajoute-t-il avec conviction.

— La vengeance, médité-je.

— La mine ne devrait pas rapporter de bénéfice à Hart, sinon on le laisse prendre part à l'action.

Matéo prend une bière du frigo et la décapsule.

— On conclut un accord. L'investissement de Warren dans cette mine l'a financièrement affaibli. On met notre argent à la disposition de Hart, et, quand il sort, ce qui devrait arriver bientôt, il prend sa revanche.

— En ruinant Warren, dit Andrew.

Matéo prend une bonne gorgée de sa bière.

— Tout comme Dalton et les autres intervenants.

— Comment ? demandé-je.

— Mon indic dit que Hart a une preuve du vol et d'autres informations à sa disposition. C'est là que ça devient intéressant : l'autre intervenant est Stone. Va savoir pourquoi, Warren et Stone ont été de mèche pendant un temps. Si Hart s'occupe d'eux deux, ils seront incapables de venir à la rescousse l'un de l'autre. Ils seront tous les deux ruinés.

— Fais-le, dis-je. Donne-lui autant d'argent qu'il aura besoin, mais assure-toi qu'il comprend que Warren doit tomber avec Dalton. Je me fiche de ce qui arrive à Stone. Tant que Warren sort de là sans rien d'autre que les vêtements sur son dos, nous avons un marché.

Matéo fait un grand sourire.

— Ça ne devrait pas être trop difficile à organiser.

J'y réfléchis. Je garderai un œil sur ce Hart, ce Damian. S'il échoue à respecter sa part du marché, je m'en prendrai à lui et Warren et les torturerai personnellement à mort. J'enfermerai Warren dans mon sous-sol et le garderai en vie pendant des années, le découpant lentement en pièces. La seule raison pour laquelle je ne le fais pas, là, tout de suite, c'est la femme que j'ai emprisonnée dans ma demeure ; je ne veux pas cultiver une telle crasse dans les fondations de la maison s'il y a une chance qu'elle reste.

Putain.

J'ai joui en elle. Il y a une possibilité qu'elle soit tombée enceinte. C'est infime, mais même si les probabilités sont de moins d'un pourcent, elles existent.

Je me tourne vers Andrew.

— Va chercher l'homme de Warren dans la cellule et amène-le ici.

— Il en reste un ? demande-t-il. J'ai cru que Matéo avait dit que tu les avais laissés partir.

— Il a refusé de s'en aller.

Matéo hausse un sourcil.

— Pourquoi ?

— C'est ce que je prévois de découvrir.

Andrew s'en va pour exécuter mon ordre.

Finissant sa bière, Matéo jette la bouteille dans la poubelle à recycler.

— Je vais arranger une rencontre avec Hart.

Je hoche la tête, mon esprit déjà ailleurs. À l'étage.

— Fais-moi savoir comment ça se passe.

Quand mon frère sort de la pièce, je saisis l'arme que je garde derrière le bar et prends place au comptoir. Un instant plus tard, Andrew amène l'homme de Warren dans la pièce.

— Laisse-nous, dis-je, m'assurant que l'homme voie l'arme posée sur ma cuisse.

J'attends jusqu'à ce qu'Andrew ferme la porte derrière lui.

— Quel est ton nom ? Je ne vais pas t'appeler Numéro Deux, dis-je en ricanant. C'est trop chiant à prononcer.

— Tom, répond-il, le regard furieux. Est-ce qu'elle est morte ?

— Non.

Je prends un paquet de cigarettes posé sur le comptoir. L'un de mes hommes a dû le laisser ici. Je n'ai pas fumé depuis mes dix-huit ans, mais j'en allume une maintenant et nourris mes poumons de nicotine. Soufflant la fumée sur son visage, je dis :

— Tu es resté.

Ses yeux larmoient, mais il ne les cligne pas.

— Si elle est vivante, il y a des choses que tu dois savoir sur elle.

J'étrécis mon regard.

— C'est pour ça que tu es resté ? Pour la protéger ?

— Ce n'est pas mon boulot de la protéger.

— Alors pourquoi ?

S'il me répond qu'il ressent quelque chose pour elle, putain, je vais le réduire en bouillie ici et maintenant !

— Parce qu'elle a négocié. Sa vie contre la nôtre. Te le dire est le moins que je puisse faire pour elle.

Je prends une autre bouffée.

— Me dire quoi ?

— La vérité.

— Alors parle.

Il remue sur place, se mettant aussi à l'aise que possible malgré ses mains liées dans son dos.

— Je suis là depuis le début, pile depuis le moment où M. Warren l'a acquise.

— Acquise ?

C'est une drôle de façon de présenter la chose…

— Il l'a achetée.

Je cesse de bouger en entendant cela, le froid envahissant mes veines.

— Qu'est-ce que tu as dit ?

— Sa mère l'a vendue, avoue-t-il en me regardant droit dans les yeux. Et tu es autant à blâmer pour sa destinée que M. Warren.

Ma main formant un poing, je réponds, mâchoire serrée :

— Qu'est-ce que tu viens de dire ?

— M. Warren est allé à la recherche d'un sosie. Il voulait quelqu'un qui ressemblait à Mlle Warren. Evie. Christina avait quinze ans, un de plus qu'elle, mais elle était de la même taille.

L'effroi m'envahit, s'étend comme le givre dans tout mon corps.

— Ils l'ont emmenée dans un endroit à la campagne et lui ont enseigné à se comporter comme Mlle Evie, à marcher et manger comme elle. Ils ont teint ses cheveux et ont fait de la chirurgie plastique sur son visage.

J'ai eu une éducation stricte.

Tout en moi se couvre de glace.

— Quand elle est revenue, un an plus tard, son vrai entraînement a commencé. M. Warren l'a formée à être le double de Mlle Evie.

— Un leurre, dis-je alors que la rage froide qui se formait jusque-là explose en moi.

— Christina a toujours été envoyée en première ligne. Si les environs étaient sûrs, Mlle Evie suivait.

Tu devrais les surveiller à distance.

Ce commentaire sur le fait d'observer les fleurs derrière une fenêtre, d'être spectateur et non contributeur de sa vie, prend soudain du sens.

Davantage de pièces du puzzle s'assemblent.

— Elle a obtempéré car Warren a menacé la vie de sa sœur.

— M. Warren lui a enseigné ces règles, elle a dû les mémoriser : ne pas se faire prendre. Si ça arrivait malgré tout, jouer le jeu. Gagner du temps. Il a dit qu'il protégerait sa sœur et la sauverait. Tout ce qu'elle avait à faire, c'était de prétendre être Mlle Evie.

Ce sale fils de pute ! Je tremble… La vérité me tord le ventre. Je ne peux rien voir d'autre que les faits, alors que j'étais trop aveuglé pour les reconnaître.

— Ce n'est pas une traîtresse, dit-il. Elle n'avait pas le choix. Elle ne savait pas.

Je suis vaguement conscient d'une sensation de brûlure dans ma paume, là où j'ai écrasé la cigarette, l'éteignant sur ma peau.

— Ce n'est pas une pute, me crache-t-il au visage.

M. Warren a tué un homme, une fois, pour lui avoir touché la main.

Les mots que je prononce résonnent creux dans mon crâne.

— Elle n'était pas vierge.

— Non. M. Warren s'en est occupé. Il savait ce qui arriverait quand tu l'embarquerais, grogne-t-il. Il l'a emmenée au sous-sol. Nous savions tous ce qu'il avait fait derrière cette porte, car quand il est sorti, il n'avait même pas encore remonté sa braguette. Il a dit qu'il l'avait formée à son boulot, lui avait appris à quoi s'attendre. Après ça, pendant longtemps, il a plaisanté sur la quantité de sang qu'elle a perdue.

Je vois rouge.

— Et pourtant, tu n'as rien fait.

— Comme tout le monde, j'ai une famille. Comme elle, j'ai des gens à protéger.

Je les tuerai, tous ceux qui se sont tenus là. Je ferai pire à Warren. Je le jure.

— J'ai dû la ramasser au sol, dit-il. M. Warren lui a vraiment joué un sale tour…

Je ne peux en écouter davantage mais je dois l'entendre. Je le lui dois, à elle.

— L'homme qu'il a torturé à mort tout en l'obligeant à regarder…

— C'était une leçon pour montrer ce qui arrive aux traîtres. Mlle Evie lui a donné une robe. Une putain de robe…

L'arme tremble dans ma main.

— Il paiera. Quand j'en aurai fini avec lui, il me

suppliera d'appuyer sur la détente.

— M. Warren s'attend à ce que tu la tues. C'est ce qu'il a prévu.

Car il savait que je serais tellement en colère que je ne pourrais passer outre la trahison.

— Je te raconte ça car tu as l'occasion de lui accorder la liberté, dit-il. Elle a été la prisonnière de M. Warren pendant dix ans. Tu lui dois ça, car tu es aussi coupable que M. Warren. Tu es aussi responsable que lui de ce qui lui est arrivé. Tu as scellé son destin le jour où tu as proposé à M. Warren un marché avec tes exigences. C'est ce jour-là qu'il est allé à sa recherche.

Ça me frappe au visage, ce que j'ai fait, ce que Warren et moi avons fait. Tom a raison. Je suis coupable autant que lui. Davantage encore. J'ai couché avec elle et j'ai planté ma graine en elle. Je l'ai accusée, traitée de tous les noms. D'horribles noms. Putain, j'ai failli mettre fin à ses jours !

Je regarde l'homme qui se tient devant moi. Je veux le tuer. Si ça ne peut être Warren, ce doit être quelqu'un d'autre. N'importe qui. J'ai juste besoin de faire feu dans sa cervelle et d'ouvrir son crâne, mais tout le sang du monde ne peut assouvir la violence qui coule dans mon corps.

Je regarde. Je regarde et regarde encore. Je regarde ses yeux ternes et ses cheveux touffus. Il a l'air fatigué. Je veux l'éliminer. Éliminer quelqu'un. La détente me démange. Je lui ai promis… J'ai promis à Christina. Après tous les parjures qu'elle a subis, tous les faux serments qu'on lui a faits, celui-là serait sans conséquence, rien qu'un autre mensonge, mais je ne peux être l'homme qui lui fera ça.

— Va-t'en, dis-je, les dents serrées. Hors de ma vue, avant que je ne change d'avis et n'ouvre en deux ton crâne avec l'extrémité de cette arme.

— Je ne retourne pas auprès de M. Warren, dit-il, campant obstinément sur ses positions. Tu peux lui dire que tu m'as tué.

— Bordel, mais où veux-tu aller d'autre, alors ?

— Laisse-moi m'occuper d'elle. Elle aura besoin de protection.

Il ne le redit pas, mais les mots non prononcés sont suspendus dans l'air comme une sentence. Elle aura besoin de protection si je lui accorde la liberté qu'elle mérite.

Je me passe une main sur le visage. Ma paume sent la fumée de cigarette. Ça m'anéantit, mais je le dis. Je fais la seule chose à faire, la bonne chose à faire.

— Si quoi que ce soit lui arrive…

— Tu peux dire qu'elle est morte.

Je hoche la tête. Cette décision me déchire.

— Je connais un gars, continue-t-il. Je peux leur procurer de nouvelles identités, à sa sœur et elle.

— Je m'en occuperai, dis-je, me mettant debout avec la sensation d'être trop lourd.

— C'est mieux si elle quitte Johannesbourg. Qu'elle aille quelque part sur la côte, peut-être…

— L'argent ne sera pas un problème.

— Je devrais éloigner ma famille également.

— Fais ce que tu as à faire, mais si on touche à un

seul cheveu de sa tête, je t'en tiendrai pour responsable.

— Je suis un soldat. Avec l'entraînement que j'ai reçu, quand quelqu'un donne sa vie pour toi, tu lui en dois une.

— Tu sais où vit sa sœur ?

— Oui.

— Vas-y. J'enverrai mes hommes avec toi. Attends dans un endroit sûr. Je te tiendrai au courant.

Il se met au garde-à-vous.

— Bien, monsieur.

Prenant mon téléphone, je compose le numéro d'Andrew.

Il répond en demandant :

— Je dois appeler l'équipe de nettoyage ?

— Amène tes fesses ici.

Il arrive rapidement.

— Voici Tom, lui dis-je en désignant de la main l'homme se tenant comme un soldat devant moi. Détache-le. Il s'en va. Renvoie-le avec cinq de nos hommes.

Les yeux d'Andrew se font plus grands.

— Que se passe-t-il ?

— Pas de bagarre, précisé-je. Je te raconterai tout plus tard. Alors maintenant, hors de ma vue.

Andrew prend Tom par le bras et le mène vers la sortie.

Je fais le tour du bar et prends une bouteille de scotch. J'ai besoin d'être sobre, mais pas pour ça. Pour ça, je bois pour anesthésier la culpabilité. Je noie dans le scotch le rôle que j'ai joué dans le destin d'Christina, car Tom avait raison sur une chose : nous sommes tous coupables. La seule personne innocente dans cette guerre est l'otage que nous avons fait prisonnier. D'abord Warren, ensuite moi.

Quand la moitié de la bouteille est partie, le monde se brouille autour de moi. Les lignes sont floues, mais la douleur est plus aiguisée.

Je monte les marches alors que ce bon médecin descend.

— Je lui ai donné du sérum. Elle est stable mais a besoin de repos. Vous devez dessoûler, dit-il par-dessus son épaule, sans s'arrêter.

Je laisse couler le reproche. Il était l'un des amis proches de mon père, il est loyal. En plus, il a raison.

Ouvrant la porte de ma chambre, je m'appuie contre le chambranle.

Christina est assise dans mon lit, ses cheveux blonds en bataille encadrent son visage. Je regarde plus attentivement ; au niveau de la raie de ses cheveux, ses racines sont plus foncées. Elle est probablement brune.

— Comment te sens-tu ? lui demandé-je.

C'est une question terriblement stupide, mais je ne sais comment combler la distance que j'ai imposée entre nous. N'est-ce pas ironique d'avoir été plus proche d'elle que de toute autre femme ? Il y a moins d'une heure, je me trouvais en elle. Maintenant, nous sommes à des kilomètres l'un de l'autre, alors que nous sommes dans la même pièce.

Elle fixe ses mains du regard.

— Je vais bien.

— Tom m'a raconté.

J'entre tranquillement dans la chambre, réalisant que je serre toujours la bouteille dans une main et l'arme dans l'autre.

— Je sais tout, dis-je.

Détournant le visage, elle regarde la fenêtre. Elle ne veut pas en parler. Soit.

— Tom va prendre soin de toi, dis-je. Il est en chemin pour retrouver ta sœur.

Elle me regarde rapidement.

— Je ferai savoir à Warren que je l'ai tué. Que je vous ai tués tous les deux.

Je prends une bonne lampée de la bouteille.

— Si tu veux partir, l'argent ne sera jamais un problème pour toi, précisé-je, la poitrine comprimée, la vulnérabilité me rendant faible. Si tu veux rester, tu auras ma protection.

Elle se lève du lit. Elle n'est plus nue. Elle porte un pull et un pantalon de yoga. Le médecin a dû lui rapporter des vêtements de sa chambre.

Je l'observe traverser la pièce, j'attends. J'espère. Je brûle.

Elle s'arrête devant moi.

Il y a un paquet de trucs que je pourrais dire, en commençant par des excuses, mais j'attends, à ses pieds, la laissant choisir.

Se mettant sur la pointe des orteils, elle embrasse ma joue.

J'ai une désagréable sensation dans le ventre.

Elle fait son choix. Elle passe devant moi et s'en va.

17
CHRISTINA

Le soleil hivernal brille dans le ciel sans nuages. Les rayons rebondissent sur les verres bleutés des gratte-ciel de Sandton. Mes ongles tambourinant contre le rebord de fenêtre, je regarde la place par la vitre de la chambre d'hôtel où nous séjournons, Eden et moi. Quand Tom passe devant la fontaine, j'expulse le souffle que je retenais.

Je me détourne de la fenêtre pour lancer un autre coup d'œil à ma sœur. Elle est allongée sur le lit, les bras croisés derrière la tête, à regarder la télévision. Pour elle, ce sont des vacances surprises. Elle est toujours dans son élément dès qu'elle n'a pas à aller à l'école. Mon cœur se ramollit alors que je contemple ses cheveux noirs et ses jolis traits.

Comme prévu, Bell lui avait raconté que j'étais partie pour un voyage impromptu avec Evie. Il a envoyé une femme pour cuisiner et s'occuper de l'appartement pendant qu'Eden était à l'école. Pas par gentillesse ou par respect de sa parole ; pour maintenir la comédie, pour les rares occasions où j'aurais pu contacter ma sœur. Il voulait que je croie qu'il respectait sa part du marché.

Roman n'a encore fait aucune déclaration. Pour autant que Bell sache, il n'a pas découvert la vérité. Je suppose que Bell croit que je joue toujours mon rôle, attendant des secours qui ne viendront jamais.

On frappe à la porte.

Eden tourne la tête vers moi.

— Encore ton petit ami ?

— Ce n'est pas mon petit ami, dis-je, me dirigeant vers la porte et lui ébouriffant les cheveux au passage. Juste un ami.

Elle n'a aucune idée de qui est Tom. Je ne veux pas qu'elle l'apprenne un jour.

Je prends mon sac et ma veste au crochet derrière la porte.

— Je ne devrais pas être longue, mais commande au room service si tu as faim avant mon retour.

— Je pourrais avoir des chips et du Coca ?

Je souris.

— Tout ce que tu veux.

— Tu es jolie, au fait. Ce doit être un restaurant chic.

Je lui envoie un baiser puis quitte la chambre. Je ferme la porte derrière moi, m'assurant d'entendre le clic du verrou électronique. Tom se tient dans le couloir, les mains enfouies dans ses poches.

Je jette un œil autour de moi avant de lui demander :

— Tu as réussi à trouver ?

— Ils sont à Vaal River pour leur lune de miel. Nathan est attendu à son boulot à la fin de la semaine.

— D'accord, dis-je, prenant une profonde inspiration.

— Christina, hésite-t-il. On devrait être loin d'ici désormais. J'ai promis à Roman de faire attention à toi.

— Ça te dérange de surveiller Eden jusqu'à mon retour ?

Ses épaules s'affaissent.

— Bien sûr que non, dit-il avant de se placer à côté de la porte. Je ne bouge pas.

Je lui offre un sourire.

— J'apprécie. Je ne devrais pas être longue.

— Tu es sûre de ne pas vouloir me dire où tu vas ?

Marchant jusqu'à l'ascenseur, je réponds :

— J'appellerai si je suis en retard.

— Je devrais y aller avec toi.

J'appuie sur le bouton de l'ascenseur.

— Il faut bien que quelqu'un reste avec Eden, et je n'ai confiance en personne d'autre.

Il hoche la tête.

— La voiture est garée sur le trottoir. Le gars travaille pour M. Malan. Tu peux lui faire confiance.

Quand je sors de l'hôtel, un chauffeur descend d'une belle voiture pour ouvrir la portière. Je monte et lui donne l'adresse.

En moins de quarante minutes, nous y sommes.

Mes paumes deviennent moites tandis que nous approchons du portail. Je les essuie sur mes cuisses et me concentre sur ma respiration. Le flingue que m'a confié Tom se trouve dans mon sac, sur le siège à côté du mien ; il me donne un sentiment de sécurité lorsque je prends le sac et le serre sur mes genoux.

Un homme sort du corps de garde quand le chauffeur s'arrête.

Mon maquillage est chargé, et le chapeau en fourrure ainsi que les grandes lunettes noires cachent la majeure partie de mon visage. Et, juste au cas où, j'ai rembourré mon soutien-gorge.

Profitant de ma formation, je baisse ma vitre et m'affaire sur mon téléphone. Je lui lance à peine un regard quand je dis :

— Ouvrez la barrière, tout de suite.

— Mademoiselle Warren ?

Lui faisant enfin l'honneur d'un coup d'œil, je dis d'un ton austère :

— Madame Stone.

— Oui, bien sûr, madame Stone.

Il jette un coup d'œil au chauffeur avant de tendre le cou pour regarder le siège vide à côté de moi.

— C'est un des hommes de M. Stone ?

J'insuffle de l'irritation au ton de ma voix.

— À votre avis ?

— Je vais appeler la demeure pour faire savoir que vous êtes en chemin.

Sans le remercier, je remonte la vitre, déjà en train

de faire semblant de lire un message sur mon téléphone de nouveau.

Les barrières s'ouvrent.

— Vous êtes sûre de savoir ce que vous faites ? me demande le chauffeur tandis qu'il roule dans l'entrée principale.

— Garez-vous ici.

Quand il coupe le moteur et fait le tour pour m'ouvrir la portière, je dis :

— Ouvrez le coffre et attendez près de la voiture. J'essaierai de faire vite.

La gouvernante apparaît à la porte d'entrée au moment où je monte les marches du porche.

— Madame Stone ! Nous ne vous attendions pas...

Je tape furieusement sur mon téléphone, passant près d'elle sans lever les yeux ni la saluer. Imitant la voix d'Evie, je dis :

— J'ai besoin de vêtements chauds. On se les gèle à Vaal River.

Mes talons claquent dans le hall d'entrée, mes hanches se balancent alors que je me dirige vers les escaliers.

— Préparez un sac. Mettez-y des pulls en cachemire et des cardigans en laine. Pas le rouge ni le blanc. Le vert. Et une robe de soirée. Nous avons un grand dîner de dernière minute.

— Oui, madame, dit-elle, courant pour me suivre.

Je vais directement au dressing d'Evie ; il tient plus du couloir que de la chambre. Evie ayant besoin de la plupart de ses vêtements en double, les habits prennent énormément d'espace. Elle ne se débarrasse jamais de rien, pas même de ce qu'elle portait quand elle avait quinze ans et moi seize. Elle a toujours dit qu'elle gardait les robes pour sa fille, mais elle ne pourra certainement pas déménager toutes ces affaires à l'appartement de Nathan. Il possède un penthouse à Hyde Park ; ces appartements sont chics mais conçus pour des célibataires. Les vêtements d'Evie auraient à eux seuls occupé la plupart de la superficie.

La gouvernante est déjà en train de défaire la fermeture d'un sac pour le placer sur l'un des bancs. Pendant qu'elle passe en revue les tiroirs, je prends quelques robes et les jette sur le dessus du sac.

— Préparez-moi une tasse de thé chaud, dis-je. Il fait froid, ici.

— Nous avons coupé le chauffage central dans cette pièce, madame. Si nous avions su que vous…

— Peu importe, dis-je en balayant l'air d'un geste, inspectant les vêtements de la section hiver du placard. Dépêchez-vous avec ce thé, voulez-vous ?

— Oui, madame.

Elle se hâte vers la porte, ses tennis crissant sur le carrelage en marbre.

Je compte jusqu'à dix, vais vers la porte et passe la tête par le chambranle. Le couloir est vide. J'ajuste la lanière de mon sac à main sur mon épaule, le cœur battant dans ma gorge, et marche jusqu'à l'ascenseur. Les portes en acier reflètent l'espace désert derrière moi lorsque je presse le bouton. Je tape du pied en attendant qu'elles s'ouvrent.

Grâce aux informations qu'a obtenues Tom, je sais que les familles Stone et Warren partagent un repas de fête à leur maison de campagne de luxe sur les berges de Vaal River. Il est suffisamment tôt pour qu'Evie refasse le trajet d'une heure, et il lui resterait largement assez de temps pour se rafraîchir avant le déjeuner.

— Allez, marmonné-je dans ma barbe, regardant par-dessus mon épaule.

Les portes finissent par s'ouvrir. J'entre et presse le bouton menant au niveau souterrain. M'y rendre me donne encore des frissons, mais je mets les souvenirs du sous-sol de côté.

Les caméras garderont une trace de ma présence. L'enregistrement alimente un système distant. Bell saura que je suis venue ici, mais d'ici là, il sera trop tard.

À la porte de la chambre forte, j'entre le code que j'ai mémorisé quand Evie s'en est servi. Bell ne change pas les mots de passe régulièrement, c'est une négligence de sa part. Il est trop paresseux pour beaucoup de choses, et mémoriser les nombres en fait partie. Il ne voulait pas d'un système qui requière l'empreinte du pouce ; il a toujours eu trop peur que quelqu'un vienne le lui couper pour avoir accès à cette pièce.

Quand la porte s'ouvre dans un cliquettement, je ne perds pas de temps ; je foule le sol, prends la boîte en verre contenant le diamant et la lâche. Le verre se brise dans un bruit d'éclats. Le gros diamant roule, s'arrêtant sur sa longueur à côté de ma chaussure. Je le récupère et l'étudie à la lumière. C'est le vrai… De la zircone aurait les bords plus lisses et ronds et paraîtrait deux fois plus lourde.

Après avoir empoché le diamant dans mon sac, je sors l'allume-feu liquide et brise le scellé. Retournant la bouteille, j'en laisse une traînée sur le sol tout en me précipitant vers l'ascenseur.

Quand je retourne dans la pièce du dressing, le thé m'attend sur la coiffeuse. J'asperge au hasard les vêtements chics de liquide inflammable, toutes les robes que j'étais censée porter, et saisis le sac de fringues. La gouvernante a plié soigneusement et rangé le tout à l'intérieur. Sortant une allumette, j'enflamme l'ourlet de la robe blanche avec broderies en strass. Le tissu prend rapidement feu. La soie se ratatine avant que la flamme ne passe aux robes jumelles suspendues à côté. Je lance la bouteille vide dans le placard, sors la seconde et répète le processus tout en revenant à la porte d'entrée.

La gouvernante court après moi au moment où j'atteins la porte principale.

— Madame Stone !

Je m'arrête, retiens mon souffle.

— Je n'ai pas pu trouver le pull en cachemire vert, me dit-elle en me rattrapant. Vous ne l'avez pas pris avec vous ? Il me semble l'avoir mis dans un sac.

— Peut-être, oui, je réponds en continuant vers la porte. J'y jetterai de nouveau un œil.

— Quelle est cette odeur ? demande-t-elle en fronçant le nez. Ça sent l'essence…

J'ouvre la porte.

— En effet. Vous avez fait quelque chose ?

Elle fronce les sourcils.

— Non !

Elle étudie le sol, puis ses traits se froncent davantage.

— C'est mouillé… Quelqu'un a renversé quelque chose.

— Vous feriez mieux de nettoyer avant que mes parents ne rentrent.

— Oui, madame. Je vais aller chercher la serpillière.

Une fois qu'elle est partie, je me tourne vers la porte. Je n'accorde pas un regard à la maison avec ses tapis onéreux et ses meubles antiques. Je n'en ai pas besoin. Je n'ai pas le moindre bon souvenir ici. J'enflamme une autre allumette et la jette avec le paquet sur le sol avant de fermer la porte derrière moi.

M'obligeant à marcher normalement en descendant les marches, je lance le sac de vêtements dans les bras du chauffeur.

— Allons-y.

Juste quand nous atteignons l'entrée principale de la propriété, l'alarme incendie de la maison se déclenche. Des flammes jaillissent derrière la fenêtre dans le dressing de l'étage. J'observe la lueur orangée rougeoyer à travers la fenêtre alors que nous nous éloignons du portail. Le personnel a assez de temps pour partir vers l'arrière. J'espère que l'endroit entier brûlera avant l'arrivée des pompiers.

— On va où ? demande le chauffeur.

— À l'hôtel, dis-je en enfilant une paire de lunettes de soleil, un sourire aux lèvres.

18
ROMAN

La maison entière est en feu quand nous nous garons à un pâté de maisons dans la rue.

— Qu'est-ce que… ? marmonne Matéo, tendant le cou pour une meilleure vue derrière le pare-brise.

— On dirait que quelqu'un nous a coupé l'herbe sous le pied, commente Andrew.

C'est étrange, mais je ne réfléchis pas à qui l'a fait ou à ce qui est arrivé. Je suis ici pour une raison différente. Prenant les jumelles sur le tableau de bord, je scanne les environs. Le personnel de Warren a été évacué, il se tient sur la chaussée. À travers les barrières ouvertes, on voit deux camions de pompiers et les soldats du feu qui essaient d'arroser les flammes avec les lances.

— Je ne sais pas ce que c'est que ce bordel, mais ça rend notre tâche considérablement plus facile, dit Matéo en gloussant.

À en juger par la taille du feu, il doit rugir depuis

une bonne heure déjà. Le toit est détruit, et les flammes se répandent par les fenêtres.

— Occupe-toi des hommes, dis-je à Matéo. Warren m'appartient.

— Il te faut combien de temps ? me demande mon frère.

— Une heure maximum.

Je lui tends la clé de la voiture que nous avons laissée au coin de la rue.

— Sors d'ici dès que tu le peux.

Prenant mon sac, je sors. Matéo en fait autant. Les voisins sont tous sortis pour regarder. Ils s'accumulent dans la rue devant la maison de Warren. Nous marchons vers l'agitation, en pleine lumière, putain, et personne ne jette un regard dans notre direction.

Warren lui-même hurle des ordres, son gros ventre bondissant tandis arpente en courant la rue longeant les murs de sa propriété. Andrew me fait un signe de tête en passant devant moi. J'enfonce un peu plus la casquette de base-ball pour me recouvrir les yeux et baisse la tête. Je n'avais pas prévu d'embarquer Warren aujourd'hui, uniquement ses hommes, mais sa présence est un bonus. J'accélère mon plan.

Tout le monde observe le travail des pompiers, le visage tourné vers la demeure. Warren est en train de hurler sur un homme en combinaison ignifugée, le bassinant avec les objets de valeur qu'il faut dégager de la maison.

Je marche jusqu'à Warren.

— Excusez-moi, j'ai besoin de vous dire un mot.

Warren me regarde sans dissimuler son irritation.

— Quoi encore ?

— L'assurance, lui dis-je avant de lui prendre le bras et de le pousser sur le côté. Par ici.

Andrew sort et ouvre la portière.

— Qu'est-ce que…, commence à dire Warren.

Avant qu'il ne puisse articuler un autre mot, je frappe sa tempe du poing, le mettant K.O. Andrew le prend d'un côté et moi de l'autre. Nous le traînons jusqu'à la voiture et le balançons à l'arrière. Nous décollons, et personne ne remarque qu'il n'est plus là.

— Et maintenant ? demande Andrew.

Je réfléchis rapidement, j'improvise. Pas à la maison, c'est trop loin. Nous avons perdu trop de temps à conduire jusqu'ici.

— Les usines à gaz, dis-je.

La vieille usine a été abandonnée il y a des années à cause d'une contamination du sol. Regardant pardessus mon épaule, je constate cette grosse masse tranquille de Warren ; il ne bouge pas. Ça devrait lui prendre un moment de revenir à lui.

La route prend quinze minutes. Regardant autour de nous pour m'assurer qu'aucune voiture ne descend la rue, je casse la chaîne de la barrière rouillée à l'aide du coupe-boulons. Je prévoyais de m'en servir pour rompre le fil barbelé sur le mur de la propriété de Warren, mais comme l'a dit Matéo, ceci est bien plus facile.

J'ouvre du pied les pans de la barrière et fais signe à Andrew. Une fois mon cousin entré, je les referme. Il se gare derrière un mur en métal, où la voiture sera hors de vue. Ensemble, nous traînons Warren à l'intérieur de l'entrepôt désert et le laissons tomber au sol. Me servant de la corde que j'avais mise dans le sac pour escalader le mur de sa propriété, je lie ses mains et ses chevilles aux pieds métalliques des vieux établis, lui écartant les bras et les jambes.

Une fois qu'il est bien attaché, je dis à Andrew d'aller chercher de l'eau.

Pendant ce temps, je trouve de vieux chiffons avec des taches suspectes dans un coin.

Andrew revient avec un seau bosselé et rouillé.

— J'ai trouvé ça derrière. Il y a de l'eau dans un baril de pluie, mais elle est sale.

— Parfait, je lui réponds avant de lui faire signe de poser le seau sur le sol. Surveille les barrières. Préviens-moi si quiconque vient fouiner dans le coin.

À en juger par les boîtes de haricots et les capotes usagées sur le sol, il est clair que des squatteurs ou des ados en rut fréquentent les lieux.

Il hoche la tête et trottine jusqu'à la sortie.

Je prends le seau et le vide sur la tête de Warren. Il revient à lui en toussant, recrache l'eau croupie. Je mets le récipient de côté et le regarde attentivement, observant ses yeux tandis qu'il se concentre. Ils flamboient quand il me reconnaît.

J'affiche un large sourire.

— Bonjour, Warren.

— Tu ne t'en sortiras pas cette fois. Mes hommes vont te pourchasser.

— Tes hommes sont morts.

Il pâlit.

— Qu'est-ce que tu veux ? De l'argent ?

— Tu sais ce que je voulais.

— Tu as Evie, dit-il, scrutant ma réaction. Tu as ce que tu voulais.

Je fais claquer ma langue.

— J'ai eu Christina, dis-je en insistant sur le *eu*.

Ses joues prennent une teinte blafarde.

— Où est-elle ? Tu l'as tuée ?

Je le laisse penser ce qu'il veut.

— Bien, dit-il. Ce que tu veux vraiment, c'est le diamant. Je te le donnerai.

— Non, ce n'est plus ce que je veux, je réponds en m'accroupissant pour prendre les cisailles dans mon sac.

— Alors quoi ? demande-t-il d'une voix stridente. Annonce ton prix.

— Je ne crois pas qu'il te reste suffisamment pour marchander. Ta maison ne vient-elle pas de brûler ?

— J'ai des actions. Une assurance. Elles paieront. Ma femme a de l'argent. Un tas d'argent.

Secouant la tête, je fourre les chiffons dans sa bouche.

— Je veux la justice, Warren. C'est ça que je veux aujourd'hui. La justice pour ce que tu as fait à Christina.

Il se tord la tête de gauche à droite, essayant de mordre tandis que je le gave de tissu sale jusqu'à ce qu'il manque de s'étouffer. Il proteste malgré l'obstruction de sa bouche, émet des bruits étouffés alors que j'ouvre sa veste d'un coup de cisailles. Je ne fais pas attention aux embouts tranchants quand je découpe sa chemise. Celui du bas lui égratigne la peau, laissant une longue ligne rouge sur son ventre poilu.

Son cri est pathétique quand je coupe sa ceinture avant de lui arracher le pantalon et les sous-vêtements. Nu, avec son petit pénis et son gros ventre, il offre une vue désagréable. Il rue quand je passe les cisailles sur son entrejambe.

— Mon petit doigt m'a dit que tu aimais baiser des mineurs, filles comme garçons.

Il secoue la tête, les yeux globuleux.

Je n'aimerais rien de mieux que la lui couper, mais le problème, c'est que Hart a passé le mot nous informant qu'il avait besoin que la queue de Warren soit intacte. Apparemment, son pénis joue un rôle majeur dans ce scénario de vengeance. Quel dommage…

— Vois les choses ainsi, dis-je en positionnant les cisailles. Au moins, tu n'as pas besoin de tes couilles pour niquer.

Couic.

Le sang jaillit en l'air comme une fontaine.

Le hurlement qu'il pousse se perd dans les chiffons dans sa bouche. Son cou se tend quand il rejette la tête en arrière et se pisse dessus comme un bébé.

Je n'ai même pas encore une bonne prise sur l'autre côté que ses yeux sont déjà vitreux. Putain de lopette.

Couic.

Son corps devient mou.

Me redressant, je regarde le chantier ; son corps pisse le sang. Je nettoie les cisailles sur son pantalon avant de les remettre dans le sac. Je n'en ai pas encore fini avec lui. Après avoir retiré les chiffons, je lui mets les bourses dans la bouche. Avec ses joues gonflées, il ressemble à un poisson-globe. Ça enverra un chouette message.

Puis je m'en vais, laissant derrière moi ma vengeance et le pouvoir que j'ai donné à Warren en le détestant toute ma vie d'adulte. Je laisse le poison qu'il a injecté dans mes veines.

Andrew se redresse et abandonne la position qu'il avait sur le capot de la voiture.

— On l'emmène ?

— Non, dis-je en montant à l'intérieur et en claquant la portière.

Andrew prend le volant et démarre le moteur.

— Tu veux qu'il se vide de son sang ?

— Appelle sa femme et dis-lui où le trouver. Sers-toi du téléphone prépayé.

— Je m'en occupe, dit-il, prenant déjà l'appareil de la boîte à gants.

— Et dis-lui que si la vie de sa famille a de la valeur à ses yeux, elle n'impliquera pas les flics.

— Que penses-tu qu'elle racontera à l'hôpital ?

Je ricane.

— Elle pourra dire qu'elle l'a castré pour l'avoir trompée.

— Nan. Il a un docteur parmi ses effectifs, tout comme nous. Ils n'iront pas dans un hôpital public.

Je me fiche totalement d'où ils vont.

M'adossant au siège, je regarde les lieux pendant qu'Andrew passe son appel. L'usine où j'ai kidnappé Christina n'est pas loin d'ici. Il semble pertinent que la boucle soit bouclée.

Mes pensées sont toujours avec elle quand nous arrivons à la maison. J'ai besoin d'une douche pour nettoyer la saleté de Warren sur mes mains.

Matéo est déjà là. Il voit mes paumes tachées de sang.

— Quelle partie lui as-tu prise ?

— Ses burnes, dis-je en me dirigeant vers les escaliers. Comment ça s'est passé ?

— Ils n'ont carrément rien vu venir. J'en ai poignardé deux avant que les spectateurs percutent. Ils se sont dispersés comme de petits oiseaux.

— Grenade ?

— Oui.

— Des blessés ?

— Uniquement les hommes de Warren, répond-il en me suivant.

Bien. Tous ceux qui ont soutenu ont reçu justice, celle que j'avais moi-même promise à Christina. Warren est aussi proche de la destruction qu'un homme peut l'être. Hart s'occupera du reste, ainsi que de Stone et du fric.

— Quelque chose a été déposé à ton intention, dit Matéo quand j'arrive dans ma chambre. Par une société de livraison.

Je me tends.

— Tu l'as scanné en quête d'explosifs ?

— Bien sûr.

Il s'appuie au chambranle et me suit du regard tandis que je me dirige vers la salle de bain.

— C'est sur la table, précise-t-il.

Je jette un œil à la table basse, sur laquelle est posé un petit paquet.

— Merci.

— Tu n'avais rien commandé, n'est-ce pas ?

— Non, je réponds, ouvrant le robinet pour rincer le sang sur mes mains.

— C'est bien ce que je pensais. Par précaution, j'ai demandé au gars qui était l'expéditeur.

J'asperge ma paume de savon liquide.

— Et ?

— C'était une femme. Elle a signé Trisha Voster. Puisque nous ne connaissons personne de ce nom, j'ai poussé le mec à me faire une description.

Me séchant les mains sur une serviette, je marche vers la porte.

— Devine quoi ? continue Matéo. La description qu'il m'a faite correspond parfaitement à Christina.

Je m'immobilise.

— Il a dit qu'elle portait de belles fringues. Ça ressemblait à celles que pourrait porter Evie Warren, de grandes lunettes de soleil, un chapeau en fourrure, un costume deux-pièces…

Rétrécissant le regard, je m'avance vers la table.

— Pourquoi Evie m'enverrait-elle quelque chose ?

— Ou Christina, fait-il observer.

Ma curiosité piquée au vif, je ramasse le colis. Le poids est léger mais bien présent. Je suis quasiment sûr qu'Evie Warren n'a pas croisé un coursier aujourd'hui. Quand j'ai fait le point avec Tom ce matin, il m'a informé que les Warren avaient un dîner de mariage prévu à leur propriété de Vaal River. Je ne peux comprendre non plus pourquoi Christina m'enverrait quelque chose… Quand je pense à elle, ma poitrine se serre.

— Tu vas l'ouvrir ? demande Matéo, probablement aussi curieux que moi.

Arrachant le scellé, je soulève le dessus du colis, qui révèle des couches de papier de soie. La bague de fiançailles de ma mère repose sous la première. Quelque chose se déchire dans ma poitrine, quelque chose qui ressemble beaucoup à du regret. Mais il y a plus dans la boîte… Je rabats le reste du papier, et là, le temps s'arrête. Au centre du carton se tient le plus gros diamant sur lequel j'ai jamais posé mes yeux. La couleur est si pure que la pierre précieuse paraît mystique. Je l'ai vu auparavant… Je connais la sensation de son poids dans ma main. C'est le diamant que Warren nous a volé.

19
CHRISTINA

Six mois plus tard

La journée est d'une chaleur étouffante, le soleil du Cap me brûle la tête alors que je porte un plateau de verres vides jusqu'au bar. J'ai beau ne porter qu'un haut de bikini avec un jean taillé en short, la transpiration m'enveloppe la peau. Des tongs me protègent les pieds du sable blanc chatoyant qui devient brûlant à midi. La plage de Llandudno est bondée. Nous sommes au plus haut de la saison des vacances, ce qui signifie de gros pourboires.

Je slalome entre les serviettes et les transats dispersés sur le sable et dépose le plateau sur le comptoir. Eden est en train de laver des verres dans l'ombre, sous le toit de chaume.

— Il fait chaud, dit-elle, s'essuyant le front avec le bras. Je peux aller nager ?

— Bien sûr, lui dis-je en souriant. Mais ne va pas trop loin.

Elle secoue ses mains pour les débarrasser des bulles de savon, faisant tinter les bracelets à ses poignets en une douce musique.

— On pourra faire un barbecue ce soir ?

— Je me rendrai sur le port après le boulot pour voir s'ils ont encore la pêche du jour.

— Cool, répond-elle en enlevant son short avant de se mettre à courir vers l'eau sur le sable chaud.

Posant les verres sales dans l'évier, je garde un œil sur elle. Elle a énormément changé en six mois. Ma sœur a toujours été indépendante pour un si jeune âge – en étant seule à la maison si souvent, elle n'a pas eu le choix –, mais son assurance est en train d'éclore. Comme je me suis de nouveau teint les cheveux selon ma couleur naturelle, nous ressemblons davantage à des sœurs. Elle n'a que dix ans de moins que moi, mais les gens demandent souvent si je suis sa mère.

Je suppose que j'ai vieilli avant l'âge. Ce ne sont pas des rides que les gens voient sur mon visage ; de l'extérieur, j'ai encore l'air jeune. Mais certaines choses laissent des marques invisibles, des marques qui nous couvrent de la lourde expérience qui ne vient normalement qu'avec l'âge.

Nous sommes heureuses au Cap. Eden va à l'école de Camps Bay, et je termine mon inscription aux cours du soir. En journée, je travaille au bar. Cet hiver, quand les plages se videront, je prévois de travailler comme guide au parc d'éléphants qui est populaire auprès des touristes en juin et juillet.

J'ai acheté le bar sur la plage avec l'argent que m'a donné Tom, sachant très bien qu'il provenait de Roman. C'est la seule chose que je lui ai prise – enfin, excepté cette nuit que je lui ai volée dans son lit. Pour le reste, je préfère payer par mes propres moyens. Il est bon d'être indépendante. Ça me rend plus forte. Chaque jour, je me sens un peu mieux.

Tom a déménagé avec sa famille en Australie. Cela m'a pris longtemps de réussir à le convaincre que je m'en sortirais seule. Je lui suis reconnaissante de ce qu'il a fait pour moi. En vérité, l'avoir près de moi n'était pas facile, ça ramenait trop de souvenirs. Je pense que ce qui l'a finalement persuadé de faire ses bagages et de s'en aller, c'est de réaliser qu'une petite part de moi le mépriserait toujours autant que j'en suis venue à l'apprécier.

Je ne suis pas certaine qu'Eden et moi restions ici pour toujours… Préparer des cocktails est marrant, pour l'instant. Le Cap est magnifique, bien plus relax que Johannesbourg. Je n'aurais jamais cru que je regretterais le bourdonnement de la capitale économique, mais Joburg ressemble plus à l'Afrique. Une fois que vous l'avez dans vos veines, elle devient une partie de vos racines. Les orages électriques et l'odeur des eucalyptus me manquent, la diversité et les rues grouillantes qui pulsent comme des veines à travers la ville me manquent, mais je ne pense pas à ce qui me manque le plus intensément ; certaines choses sont simplement trop douloureuses à admettre.

M'assurant que j'ai encore un bon visuel sur Eden qui surfe sur les vagues, je prends le rhum sur l'étagère. Quand je me détourne du frigo avec le jus d'ananas, mon regard tombe sur un homme en train de descendre le sentier escarpé du parking au sommet de la falaise.

Pendant un moment, je m'immobilise, observant la lueur cuivrée de ses cheveux qui se reflète dans sa barbe parfaitement taillée sur ses traits ciselés. Sous son tee-shirt et son bermuda, la puissance de son physique est indéniable. Les vêtements ne dissimulent pas la largeur de son torse ni la force de ses muscles tandis qu'il foule le sable.

Gardant un œil sur lui et l'autre sur Eden, je tends le bras vers le dessous du comptoir pour attraper l'arme que j'ai attachée là. Ma main ne tremble pas quand je pose mon index sur la détente. Je me suis assidûment entraînée au stand de tir.

Nos yeux se trouvent lorsque ses jambes musclées comblent la distance entre nous. Ses cheveux sont plus longs aujourd'hui, ramenés en arrière dans un chignon masculin. Son regard à la couleur de rouille est d'une nuance profonde de bourbon. J'ai toujours trouvé que ses yeux étaient son trait le plus beau, pas à cause de la rareté de leur couleur mais pour l'effet fascinant qu'ils suscitent.

Ils se plissent aux coins quand il s'arrête devant le comptoir.

— Bonjour, Christina.

Son timbre de baryton me submerge. Rien que ce son me fait quelque chose au creux du ventre. Il se réchauffe comme lorsque j'avale une gorgée de whisky. Des picotements me parcourent les bras.

— Bonjour, Roman.

Son regard est grand ouvert. Il ne prononce pas un mot mais dit tout en me regardant, en me voyant. Mon rythme cardiaque s'accélère. Il n'est pas ici pour me tuer. Sinon, son masque serait bien en place.

— Tu peux t'éloigner du flingue, dit-il, confirmant ma pensée. Je ne suis pas là pour ça.

Je fais glisser l'arme sur l'étagère sous le comptoir, où elle sera encore à ma portée.

— Alors pour quoi ?

Il jette un œil derrière moi, vers la liste des cocktails sur le tableau noir, mais son expression est troublée. Il étudie le menu comme un homme qui n'a pas vraiment envie de boire.

Abandonnant la lecture, il demande :

— Qu'est-ce que tu es en train de faire ?

Je pose les coudes sur le comptoir.

— Des piña colada.

Il se glisse sur un tabouret de bar, imitant ma pose en posant ses coudes si près des miens que nous nous touchons presque.

— Ça me paraît bien.

Je l'observe tout en prenant un autre verre et verse l'alcool dans un shaker, dans le but de créer de la distance entre nous.

— Comment m'as-tu trouvée ?

— J'ai toujours su où tu étais, répond-il d'une voix douce.

Je hoche la tête, acceptant le fait que c'est gravé dans la pierre. Roman Malan a des moyens et du pouvoir. Rien n'est hors de sa portée.

— Dans ce cas, pourquoi es-tu venu, si ce n'est pas pour me tuer ?

— Pour te remercier.

J'ajoute le jus et le lait de coco, puis fais tournoyer le shaker avant de verser le liquide dans le blender. Pendant quelques secondes, le bruit de l'engin coupe notre conversation. J'en profite pour me ressaisir. Après tout ce qui est arrivé, il me fait encore de l'effet… Il n'est peut-être pas ici pour presser une arme contre ma tempe et appuyer sur la détente, mais il me fait encore me sentir comme une proie. Acculée dans les confins du bar, je n'ai nulle part où m'enfuir tandis qu'il me traque de son siège, suivant mes mouvements avec toute son attention. Il me rend encore vulnérable à bien trop de niveaux.

Quand je fais cesser le bruit, je ne suis toujours pas moi-même. En plus de me rendre vulnérable, il réveille également une profonde douleur en moi. Il est le centre de tous mes mystères, la personne dont j'ignorais le manque. Il est ma déprime du dimanche, la réponse à mon énigme. Je peux lui faire face, mais puis-je *me* regarder en face ?

Je le regarde à la dérobée en versant les boissons,

mais le regrette immédiatement quand je capte son intense regard sur mon visage.

Ignorant la chaleur qui m'envahit les joues, je demande :

— Quoi ?

Ses yeux s'attardent lentement sur moi.

— Tu sembles différente.

— Ce sont mes cheveux. C'est ma couleur naturelle.

— Pas juste tes cheveux. Tu es différente.

Je hausse un sourcil.

— Bronzée ?

Il rit, d'une voix profonde et rauque.

— Heureuse.

Je pose en équilibre un cure-dent avec une tranche d'ananas et une cerise au marasquin sur le bord du verre.

— Je le suis. Et toi ?

Il y réfléchit avant de répondre.

— Je suppose que oui.

— Tu as fait tout ce chemin pour me remercier…

— Ce n'est pas un truc qu'un homme fait par téléphone.

C'est si typique de lui d'avoir des valeurs si fortes et pourtant tordues.

— Alors tuer de sang-froid, ça passe, mais pas remercier quelqu'un autrement qu'en personne.

— Ouais, répond-il avec un large sourire, prenant le verre que je glisse sur le comptoir. Quelque chose comme ça.

Il lève son verre et me cite :

— Alors, me voici, pour te remercier en personne.

— J'ai su ce que tu avais fait à Warren… Tom m'a raconté.

La ligne de sa mâchoire se durcit.

— Il le méritait.

— Ses hommes aussi. Il a dit que tu avais fait sauter le corps de garde.

Un muscle remue à sa tempe.

— Ils ont eu ce qu'ils méritaient.

— Une grenade ? Tu as toujours disposé d'un arsenal d'armes.

— Et ça n'a pas changé. Incendie volontaire ? demande-t-il en levant un sourcil.

Je hausse les épaules.

— Je n'avais pas d'arsenal. J'ai dû faire avec ce que j'avais.

Il m'étudie un moment.

— Tu as bien fait.

— Merci, dis-je.

Pas pour le compliment, mais pour Warren et ses hommes.

Ses lèvres se relèvent sur un côté.

— De rien.

— De rien également.

Son regard est perçant.

— Pourquoi me l'avoir envoyé ?

— Warren nous a volés tous les deux. Le diamant t'appartenait.

Retrouvant son sérieux, il dit :

— Je ne l'ai pas tué, mais son destin sera pire.

— Je ne veux pas qu'il meure, dis-je honnêtement. Je veux qu'il souffre.

Il y réfléchit, là encore, avant de répondre :

— Bien.

Je jette un œil vers l'eau, m'assurant qu'Eden va bien. Elle se sèche au soleil, allongée sur le sable près des rochers.

Quand je reviens à Roman, il est en train de m'observer.

— Où est-ce que tu vis ? demande-t-il.

Par-dessus mon épaule, je désigne du pouce le bloc d'appartements sur la falaise. Il sait déjà quel endroit je loue.

— Pour combien de temps ?

— Je l'ignore.

— Et après, Christina ? demande-t-il gentiment. Où vas-tu, après Le Cap ?

— Sur la côte ouest, peut-être. Nous y sommes allées pêcher pendant les vacances une fois. C'étaient de bonnes vacances.

Il hoche la tête comme s'il comprenait.

Chargeant le plateau de boissons, je dis :

— Je ferais mieux d'aller servir ça.

Avant que j'aie pu soulever le plateau, il m'attrape le poignet :

— Je suis aussi venu ici pour te rendre quelque chose, quelque chose qui t'appartient.

Enfouissant une main dans sa poche, il en sort une bague. Les émeraudes brillent à la lumière du soleil. La bague de sa mère… Mon estomac fait un saut périlleux.

Abasourdie, je l'observe garder mon poignet dans son étau tout en glissant la bague à mon doigt.

— C'est à cette place qu'elle revient, dit-il en trouvant mon regard, les yeux dangereusement brillants. Si tu la retires de nouveau, tu n'apprécieras pas les conséquences…

Mon regard alterne entre la bague et lui, mes lèvres sont entrouvertes dans un mélange de choc et de surprise. Ce n'est pas ce à quoi je m'attendais…

— Je ne comprends pas.

— Nous sommes mariés. Tu as dit oui. Tu ne peux pas me quitter, ma chérie.

— Le mariage n'est pas légal, dis-je, luttant pour comprendre.

En un instant, cette visite a pris un virage à cent quatre-vingts degrés.

— Il est facile de remédier à ça.

Je libère ma main.

— Tu as épousé Evie. Tu *voulais* épouser Evie.

— Je t'ai épousée *toi*. Tu es la femme à qui j'ai fait mes promesses et mes vœux. Tu es la femme en qui j'ai joui. C'est toi que je veux. *Christina*.

Sa déclaration m'enlève les mots de la bouche. Je le regarde, bouche bée, tandis que le monde tourne sous mes pieds.

— De tout ce qui est arrivé, je ne regrette qu'une chose, dit-il en laissant son regard tomber vers la cicatrice sur ma hanche. Pour le reste, je referais tout pareil.

— Roman, dis-je en clignant des yeux. Je ne sais pas quoi dire.

— Il n'y a rien à dire. Tu as deux options… J'espère vraiment que tu ne vas pas choisir la seconde, dit-il d'un ton sombre.

C'est mal, et pourtant c'est bien. La supercherie nous a menés à notre vérité. Nous sommes parfaits, l'un pour l'autre.

— Tu peux finir l'école à Joburg, dit-il, caressant la bague à mon doigt avec son pouce. J'ai déjà fait préparer une chambre pour Eden à la maison. Il n'y a plus de prisonniers au sous-sol. Il n'y en aura plus si ta sœur et toi vivez à la maison. J'achèterai une baraque sur la côte ouest et me mettrai à la pêche si c'est ce que tu veux. Je ferais n'importe quoi pour toi.

Se penchant par-dessus le comptoir, il me prend par les cheveux et les entortille en un poing derrière ma tête. Puis il me tient ainsi, gentiment, tout en respirant près de mes lèvres.

— Sache juste une chose. Je souhaite toujours te mettre enceinte.

Quand il presse ses lèvres sur les miennes, scellant sa déclaration par un baiser, mon monde semble tourner dans le bon sens pour une fois. Il ne me donne pas le choix, il l'a dit clairement, mais je ne me suis jamais sentie aussi libre.

Il n'y a qu'une seule chose que je puisse lui offrir, et c'est de prendre ma propre décision.

— Oui.

EXTRAITS EN AVANT-PREMIÈRE

Si vous avez aimé l'histoire de Christina et Roman, merci de penser à laisser un avis.

Envie de découvrir d'autres romances torrides par Charmaine Pauls ? Rendez-vous sur www.greyeaglepublications.com/fr/book-author/charmaine-pauls-fr/.

Vous souhaitez être prévenu lorsque notre prochaine histoire torride sera disponible ? Rendez-vous sur www.greyeaglepublications.com/fr/ et inscrivez-vous à notre newsletter.

Si vous avez apprécié ce livre, vous aimerez aussi *Captive du désir* par Charmaine Pauls et *Un amour si sombre* par Anna Zaires & Charmaine Pauls. Tournez la page afin de découvrir un extrait passionnant de chaque livre !

EXTRAIT DE CAPTIVE DU DÉSIR PAR CHARMAINE PAULS

Ian Hart est le criminel numéro un de tout le pays. Ce voleur hors pair est venu à la faveur de l'obscurité pour me voler une nuit de ma vie.

Il m'a laissé des souvenirs. Ma nouvelle réalité, c'est la peur et le sentiment d'échec. Je suis condamnée à avoir peur de mon ombre, désormais, parce qu'en me prenant, il ne m'a pas seulement volé quelques heures de mon temps.

Son Crime a des conséquences qu'aucun de nous n'aurait pu Imaginer. Si je veux échapper au cauchemar qu'est devenue ma vie, je dois me montrer plus maligne que lui. Si je veux survivre, je dois contrecarrer tous les ennemis qu'il a dressés contre moi, y compris Ian lui-même, l'homme le plus hazardeux et le plus intelligent que je connaisse.

— Tu n'as nulle part où aller, poupée.

Non seulement il comprend tout, mais ses prédictions sont justes. Peu importe mon intention, j'aurais perdu avant même d'avoir essayé. C'est ce qu'il exprime par ce semblant de sourire.

Je cherche l'arme du regard, mais elle n'est nulle part en vue. Prudemment, je ne bouge pas.

— Je te l'ai déjà dit, reprend-il, je ne mords pas.

Les pieds de chaise raclent le sol quand il s'écarte de la table. Ses mots sont plus marqués, l'autorité qui en émane un peu plus ferme lorsqu'il dit :

— Viens ici.

Il ne me le répètera pas. Retenant mon souffle, je soulève le menton et avance lentement pour m'arrêter au coin de la table.

Il pointe du doigt la place en face de lui.

— Ici.

Je m'approche encore un peu, essayant de ne pas lui montrer qu'ainsi prise dans l'étau de ses jambes, je me sens comme un lapin dans un piège.

La tête en arrière, il me dévisage.

— Tu vas mieux ?

Malgré moi, je me tords les doigts.

— Oui.

Mes yeux glissent jusqu'aux mots tatoués sur sa peau, mais tout se brouille.

— Tu as retrouvé des couleurs. Et ton souffle ? demande-t-il.

— C'est mieux.

Son regard descend jusqu'à ma poitrine, et cette fois, il regarde ouvertement mes seins. Une lueur intense apparaît brièvement dans ses yeux bruns. Il aurait aisément pu la dissimuler, mais il m'a laissé voir. Je devine très bien ses raisons.

— Tu as faim ?

— Oui, dis-je en croisant les bras sur ma poitrine.

Ce n'est pas vrai, mais au moins, ça lui changera les idées.

Il y a beaucoup de place pour reculer, mais il reste collé contre moi en se relevant. Il est si proche que nos corps se retrouvent l'un contre l'autre. Il me surplombe et baisse les yeux sur moi, ses cheveux retombant sur un côté de son visage.

Il s'est lavé. L'odeur de désinfectant semble avoir quitté sa peau. Ses cheveux sont humides, avec un parfum d'herbe printanière et de montagne. Mon regard dérive vers son torse nu. Les cercles de ses tétons sont contractés. Il est ciselé comme une statue, comme si le *David* en marbre de Michel-Ange avait pris vie, en chair et en os.

Ma tête atteint à peine son épaule. Je dois me dévisser le cou pour regarder son visage. L'ombre de sa barbe est plus sombre sur sa mâchoire. Quel effet ça ferait s'il frottait sa joue contre la mienne ? Je ressens un sursaut à cette pensée. À l'évidence, mon esprit n'est pas la seule partie de mon corps à être troublée.

L'intuition le fait plisser les yeux. C'est infime, mais suffisant pour me dire qu'il a compris. Il patiente, ses bras le long du corps. Ses grandes mains parcourues de veines saillantes sont étonnamment détendues. Ses doigts fins, mais forts, sont relâchés. Ils ne bougent pas, mais il pourrait les transformer en poings ou serres de rapace autour d'une gorge en un clin d'œil. Un homme comme lui est toujours prêt, toujours patient. Il attend que je fasse le premier pas.

Je recule.

— Quelle heure est-il ?

Son visage redevient impassible. Il ne me laisse voir que ce qu'il veut me montrer.

— Bientôt cinq heures.

Le soleil sera levé dans une demi-heure. S'il est un homme de parole, comme il le prétend, il devra me laisser partir bientôt.

Il ne me pousse pas, ne me met pas au défi. Il se dirige vers un placard et en sort une boîte de haricots blancs.

— Ce n'est pas grand-chose, mais ça te remplira l'estomac.

Il se retourne et prend un petit couteau dans sa poche pour ouvrir la boîte. Les muscles de son dos ondulent. Malgré la blessure par balle dans son épaule, ses mouvements sont puissants. Il ne semble pas gêné le moins du monde.

Je ne peux m'empêcher de lui demander :

— Comment vous faites ?

Il me jette un coup d'œil.

— Quoi donc ?

Il est si irrésistiblement sexy que mon esprit doit

lutter pour distinguer la morale de l'admiration. Bien sûr, « admiration » est certainement un mot trop fort. Peut-être est-ce simplement ce bon vieux désir, une réaction biologique féminine face à sa beauté virile.

— Continuer comme si vous n'aviez jamais été blessé.

Il hausse les épaules et se retourne pour vider la boîte dans une assiette.

— L'habitude.

— Vous n'avez pas d'autres blessures, alors vous ne pouvez pas y être habitué.

— J'ai l'habitude de la douleur.

Un flot de questions m'envahit, mais mes pensées demeurent silencieuses lorsqu'il ajoute :

— Tout comme tu dois être habituée à la sensation de suffocation.

Involontairement, ma gorge se contracte, répondant à l'empathie dans sa voix – et prouvant combien sa supposition est juste.

— Tu veux boire quelque chose ? demande-t-il, rejoignant la glacière à lentes enjambées pour en sortir deux bouteilles de bière.

Les bouteilles dans une main, l'assiette et une fourchette dans l'autre, il m'apporte le petit-déjeuner. Il dépose l'assiette sur la table et soutient mon regard tout en décapsulant les bières.

Il m'en tend une et déclare :

— Santé !

Je prends la bouteille sans réfléchir. Elle est tiède dans ma main moite. Si elle n'est plus très froide, c'est qu'il doit squatter ici depuis un moment. Avec une fascination subjuguée, je le regarde approcher le goulot de ses lèvres, l'incliner et avaler. Sa gorge tressaute d'une façon typiquement masculine et je me sens toute perturbée, songeant que je me sentirais intensément vivante dans les bras puissants d'un tel homme.

Non ! Mes pensées ne devraient pas prendre cette direction ! Je détourne le regard, n'importe où sauf sur lui. Il tombe sur le livre posé sur la table, celui qu'il était en train de lire. Le titre me surprend : c'est un manuel sur l'économie politique.

— Tu as repéré quelque chose d'intéressant ? demande-t-il à voix basse.

Je reporte mes yeux sur lui.

— Non.

Après quoi, je prends une gorgée, me cachant derrière ma bouteille. La bière est forte. Ce n'est pas la blonde que je préfère, mais le liquide amer apaise néanmoins la sécheresse de mes lèvres et la sensation de grattement dans ma gorge. Ma soif est étanchée, mais mon corps devient plus chaud, soudain réchauffé.

J'ai besoin de distance. Un simple pas en arrière me fait buter contre la table. Piégée, j'appuie les fesses contre le bord en essayant de ne pas avoir l'air de vouloir fuir.

Ian se penche en avant, ses paumes sur la table, me prenant en cage entre ses bras. Je ne suis pas sûre d'être de taille à soutenir l'intensité de ses yeux. Instinctivement, je sais qu'il pourrait m'écraser à tous points de vue, mais je ne suis pas assez forte pour détourner le regard.

Il met sa bière de côté. La bouteille glisse sur le bois tandis qu'il l'éloigne à bonne distance. À bonne distance pour quoi, au juste ?

Ma bouche se dessèche de nouveau lorsqu'il retire la bière de mes mains pour l'écarter. Il me prend par la taille et me soulève sur la table. Je reste assise comme une poupée de chiffon, les jambes pliées. Refermant les doigts sur mes genoux, il les presse légèrement et écarte suffisamment mes jambes pour s'avancer entre elles. Il approche les hanches, juste assez pour plaquer tout son corps contre le mien. La dureté que je remarque immanquablement contre mon ventre interrompt le cours de mes pensées. Je suis à court de mots, mes munitions soudain à plat.

Il saisit une mèche de mes cheveux et l'inspecte, la faisant glisser entre son pouce et son index.

— Tu es plus jolie qu'une poupée, tu sais ?

Je déglutis.

— Ma sœur avait une poupée comme ça, avec des yeux bleu clair et des mèches platine. Je n'aurais jamais cru qu'une telle beauté puisse se rapprocher de la réalité, songe-t-il tout haut. Jusqu'à ce que je te rencontre.

Il laisse retomber mes cheveux et reporte son regard sur mon visage. Le désir luit dans la profondeur de ses yeux, faisant briller des éclats ambrés sur fond brun. Sa voix est basse, douce.

— Ça fait longtemps…

Mon cœur rate un battement et ma respiration s'accélère. Cette fois, cependant, ce n'est pas à cause de ma maladie. Les médicaments que j'ai pris sont encore dans mon sang. Non, ma réaction est naturelle. Mauvaise. J'ouvre la bouche, mais aucun mot n'en sort.

— Tu n'as pas à dire oui juste parce que ça fait longtemps pour moi, dit-il en posant la main sur ma poitrine à travers mon caraco, passant le pouce sur mon téton, l'attisant jusqu'à le faire durcir.

— Je…

Un soupir m'échappe lorsqu'il pince doucement, et j'oublie ce que je voulais dire tandis qu'il frotte la dentelle par-dessus mon mamelon durci, du plat de la main.

La texture abrasive du tissu ajoute une friction supplémentaire, presque insoutenable. L'audace et la grossièreté inexcusable de cet acte me prennent de court, nourrissant un désir secret enfoui au fond de moi, une sorte d'envie malsaine que je n'avais encore avouée à personne. Mes défenses tombent juste assez pour lui laisser une place dans mon fantasme.

Il approche sa bouche de la mienne en disant :

— Tu peux toujours refuser.

Au lieu de se diriger vers mes lèvres comme je m'y attendais, il se détourne vers mon cou, mais ne m'embrasse pas. Au lieu de quoi, son nez me caresse le long du cou jusqu'à la tempe. Après une grande inspiration, un son monte des tréfonds de sa gorge, un grognement appréciateur.

— Tu sens bon, dit-il d'une voix rauque. Comme les fleurs. C'est quoi ?

— Fleurs d'oranger, soufflé-je sur le même ton.

Mon cœur cogne dans ma poitrine à la perspective de ce qui va suivre. Je demeure imperturbable, comme un animal acculé soumis à un mâle plus puissant, tout en me torturant le cerveau pour trouver une meilleure stratégie susceptible de me sauver la mise.

D'une douceur inébranlable, il attrape mes cheveux dans une queue de cheval derrière ma tête et la repose sur une épaule. Il amène sa bouche à l'épaule exposée, déposant un léger baiser sur ma peau avant de diriger ses lèvres vers mon oreille.

Un frisson me parcourt. Une fois de plus, il ne presse pas ses lèvres sur ma peau. Seul son souffle me touche, baignant de chaleur cette zone sensible. Enfin, il prononce quelques mots, si bas que je crois avoir mal entendu :

— Tu es à moi.

EXTRAIT D'UN AMOUR SI SOMBRE PAR ANNA ZAIRES & CHARMAINE PAULS

Il était une fois un tueur russe qui, par une nuit froide et sombre, m'a enlevée dans une ruelle.
Si je suis dangereuse, cet homme est redoutable.
Je me suis déjà échappée.
Il ne me laissera pas recommencer une deuxième fois.

C'est sa vengeance.
Ma trahison.
Et je dois lui mentir pour protéger les gens que j'aime.

Nous sommes faits du même bois, tous les deux.
Impitoyables. Abîmés.
Dans ses bras, je trouve l'enfer et le paradis. Sa caresse d'une tendresse cruelle me détruit et me ravit à la fois.

On dit qu'un chat a neuf vies, mais un assassin n'en a qu'une seule.
Et Yan Ivanov possède désormais la mienne.

— J'y travaille depuis quelques mois, dis-je d'une voix faible.

C'est facile de paraître terrifiée, puisque je le suis réellement.

Je suis avec deux hommes qui veulent peut-être ma mort, et je ne suis pas en état de me défendre.

La seule chose qui me permet d'espérer, c'est qu'ils ne l'ont pas déjà fait. Ils auraient facilement pu m'assassiner dans la ruelle, pas la peine de m'amener ici pour ça. Bien sûr, il y a aussi une autre possibilité, celle que chaque femme doit envisager.

Ils ont peut-être l'intention de me violer avant de me tuer, auquel cas c'est parfaitement cohérent de m'avoir traînée jusqu'ici.

Cette idée me retourne l'estomac et de vieux souvenirs menacent de remonter à la surface. Mais sous la peur et le dégoût se trouve un sentiment plus sombre, infiniment plus troublant. L'élan ponctuel de désir qui m'a traversée au bar n'était rien en comparaison avec ce que j'ai ressenti lorsque le dangereux inconnu m'a prise au piège contre le mur, caressant mon visage avec une tendresse cruelle. Mon corps – ce corps faible et à bout de nerfs que je déteste depuis un an – s'est réveillé avec une telle force qu'on aurait dit des feux d'artifice sous ma peau, liquéfiant mon entrejambe et emportant toutes mes inhibitions.

A-t-il pu le sentir ?

Sait-il à quel point j'avais envie qu'il continue de me toucher ?

Oui, je crois. Et pire encore, je crois qu'il en avait envie, lui aussi. Ses yeux d'un vert émeraude glacial n'ont cessé de m'observer avec l'intensité redoutable d'un prédateur. Il a perçu chaque frémissement de mes cils, chaque inflexion de mon souffle. Si nous étions seuls, il m'aurait peut-être embrassée… ou tuée sur place.

Avec lui, difficile à dire.

— Et ça te plaît ? De travailler au bar ? demande l'homme tatoué, ramenant mon attention sur lui.

Lui, en revanche, est facile à comprendre. Il y a un intérêt masculin indéniable dans sa façon de me regarder, une lueur évidente dans ses yeux verts.

Un instant. *Des yeux verts ?*

— Vous êtes frères, tous les deux ? demandé-je spontanément avant de me le reprocher amèrement.

Je suis tellement fatiguée que mes pensées s'embrouillent. La dernière chose dont j'ai besoin, c'est qu'ils imaginent que je cherche à glaner des informations à leur sujet ou…

— Oui.

Un sourire éclaire son visage large, adoucissant ses traits taillés à la serpe.

— Jumeaux, même.

Bon sang, je n'avais pas besoin de le savoir. Bientôt, il va me dire comment il…

— Je m'appelle Ilya, au fait, dit-il en tendant une grande paluche. Et mon frère, c'est Yan.

Oh, putain. Je suis foutue. Ils vont bel et bien me tuer.

— Ravie de faire votre connaissance, dis-je mollement en lui serrant la main par automatisme.

Ma poigne est aussi éteinte que ma voix, mais ça ne fait rien. Je joue la demoiselle en détresse, et plus je serai convaincante, mieux ça vaudra.

Cela dit, ces derniers temps, ce n'est plus vraiment un rôle de composition.

Ilya me serre timidement la main, comme s'il craignait de me briser les os par inadvertance, et l'espoir renaît en moi. Il ne prendrait pas de gants s'ils avaient l'intention de me violer sauvagement et de me tuer, n'est-ce pas ?

Comme s'il lisait dans mes pensées, il m'offre un nouveau sourire, plus gentil cette fois, et me dit d'un ton bourru :

— Désolé pour mon frère. Il voit des ennemis dans tous les coins. Tu sortiras d'ici indemne, je te le promets, *malyshka*. On doit seulement te garder pour la nuit, simple précaution, c'est tout.

Curieusement, je le crois. Ou du moins, je crois qu'*il* ne me veut aucun mal. Mon opinion n'est pas encore tranchée au sujet de son frère, qui choisit ce moment précis pour entrer avec une tasse de thé dans une main et deux bières dans l'autre.

Je retiens mon souffle lorsqu'il – Yan – pose les boissons sur la table basse devant nous et s'installe sans ménagement entre Ilya et moi, à l'étroit sur le canapé.

Instinctivement, je me décale sur le côté, aussi loin que me le permet l'accoudoir, mais ça ne fait que six centimètres et ma jambe se retrouve plaquée contre la sienne. La chaleur de son corps me brûle la peau, même à travers nos vêtements.

Il a retiré le manteau d'hiver en daim qu'il portait tout à l'heure, et à présent, il est habillé comme au bar, avec son pantalon élégant et sa chemise de ville. Si ce n'est que ses manches sont retroussées, révélant des avant-bras musclés parsemés de poils sombres.

Il est fort, ce ravisseur impitoyable. Fort et bien bâti. Son corps est une arme redoutable sous ces vêtements parfaitement taillés.

— Du thé, fait-il d'une voix grave et suave, si différente du timbre plus abrupt de son frère. Comme l'a commandé la princesse.

— Merci, bredouillé-je en prenant la tasse.

Le tremblement de mes mains est évident, j'ai le souffle court et je suis en nage. Cette fois, ce n'est pas surjoué. Je sens le parfum propre et viril de son eau de toilette, à la fois sensuel et évanescent, mélange de poivre et de bois de santal. Sa proximité me trouble et mon ventre se noue, entre peur et désir. Même si cet homme n'était pas le danger personnifié, je serais attirée par sa beauté magnétique, mais en sachant ce que je sais à son sujet – ce qu'il fait et ce qu'il pourrait me faire –, je ne peux contrôler ma réaction viscérale en sa présence.

Même ma fatigue perd du terrain, me laissant

fébrile et la tête légère comme si j'avais avalé deux litres d'expresso.

Je suis intensément consciente de son regard sur moi lorsque je porte la tasse à mes lèvres et bois une gorgée, réprimant un sifflement à cause de l'eau bouillante. J'essaie de ne pas le regarder et de me concentrer sur mon thé, mais je ne peux m'empêcher de jeter un coup d'œil à ses mains quand il s'empare d'une bouteille de bière. Ses doigts sont longs et masculins, et même si ses ongles sont bien entretenus, les callosités sur les côtés de ses pouces démentent son raffinement apparent.

Cet homme a l'habitude de faire des choses atroces avec ces mains-là.

Des choses terribles et violentes.

Une femme normale devrait être révulsée par cette pensée, mais mon cœur bat plus fort et une douleur lancinante palpite entre mes jambes, ma culotte détrempée par une chaleur liquide. Les ténèbres qui l'habitent m'appellent et je me sens vivante comme jamais.

De même que ce qui se ressemble s'assemble, mon côté malsain désire le sien.

Ilya prend la dernière bouteille entre ses mains épaisses et tatouées. Il n'y a pas de faux-semblants chez lui, aucune tentative de cacher ce qu'il est derrière un masque élégant.

— Aux nouveaux amis, dit-il en entrechoquant sa bouteille contre celle de son frère puis, plus doucement, contre ma tasse de thé.

Je risque un coup d'œil vers lui, mais c'est le regard vert implacable de Yan que je rencontre.

Je m'empresse de détourner les yeux, mais la chaleur qui monte dans mon cou et se propage sur mes joues me trahit.

— Aux nouveaux amis, répété-je, les yeux baissés sur ma tasse comme si je pouvais lire mon destin dans les feuilles de thé.

Je ne suis pas sûre de vouloir que Yan sache quel effet il me fait, même si c'est probablement déjà le cas.

Je ne suis pas au mieux de ma forme ce soir.

— Oui, aux nouveaux amis, murmure Yan en posant sa grande main sur mon genou, qu'il serre tout doucement.

Stupéfaite, je lève les yeux vers lui et je le regarde incliner sa bouteille de bière. Sa gorge puissante tressaute lorsqu'il déglutit. C'est un spectacle étrangement sensuel et mon ventre se noue quand il baisse la main et darde sur moi un regard sombre et déterminé. En même temps, la main sur mon genou remonte de quelques centimètres sur ma cuisse, se rapprochant de mon entrejambe humide et presque douloureux.

Oh, mon Dieu.

Il a compris.

C'est évident, il a compris.

— Ilya, dit-il posément sans me quitter des yeux. Tu veux bien nous préparer des sandwiches ? Je crois que Mina a faim.

— Ah bon ?

Ilya semble perplexe, mais il se lève et je constate qu'il fronce les sourcils. Plus précisément, il regarde ma cuisse, où la main de Yan est posée dans une attitude possessive. Lentement, son corps imposant se raidit et il serre les poings le long de son corps. Ses yeux remontent alors vers le visage de son frère.

— Je ne pense pas qu'elle ait faim, lâche-t-il d'une voix basse et sèche.

Il me foudroie du regard en demandant :

— Tu as faim, Mina ?

J'avale péniblement ma salive sans trop savoir que répondre. Si je comprends bien, Yan vient de me revendiquer, en quelque sorte, ce que je risque de confirmer si j'entre dans son jeu et déclare avoir faim.

Est-ce vraiment ce que je veux ?

Renvoyer le frère qui s'est montré charmant avec moi pour pouvoir rester seule avec l'homme qui a proposé de jeter mon corps dans le fleuve ?

— Un… un sandwich, ça me plairait.

J'ai l'impression que ces paroles ne m'appartiennent pas, et pourtant c'est ma voix qui les prononce, alors même que mon cerveau s'évertue à en comprendre toutes les implications.

— Enfin, si ça ne pose pas trop de problèmes.

Ilya pince les lèvres.

— D'accord. Je vais voir ce que nous avons dans le frigo.

Puis il tourne les talons et s'éloigne d'un pas lourd, me laissant sur le canapé avec son frère.

Envie d'en lire plus ? Merci de vous rendre sur www.greyeaglepublications.com/fr/ pour commander votre exemplaire dès aujourd'hui !

À PROPOS DE L'AUTEUR

Charmaine Pauls est née à Bloemfontein, en Afrique du Sud. Elle est diplômée en Communication de l'Université de Potchestroom et a fait carrière dans le journalisme, les relations publiques, la publicité, la communication, le graphisme et le marketing. L'écriture a toujours fait partie intégrante de ses diverses professions.

Après avoir déménagé au Chili avec son mari français, elle a pu laisser libre cours à sa passion en se consacrant à temps plein à l'écriture créative. Charmaine a publié dix romans depuis 2011, ainsi que de nombreuses nouvelles et plusieurs articles. Deux de ses nouvelles ont été sélectionnées pour être publiées dans une anthologie du continent africain réalisée par l'International Society of Literary Fellows en association avec l'International Research Council on African Literature and Culture.

Quand elle n'écrit pas, elle aime voyager, lire et sauver des chats. Charmaine vit actuellement à Montpellier avec son mari et ses enfants. Leur foyer est un mélange linguistique d'afrikaans, d'anglais, de français et d'espagnol.

Printed in France by Amazon
Brétigny-sur-Orge, FR

13214241R00165